Com a corda no pescoço

Com a corda no pescoço

ANDRÉ NIGRI

Copyright © 2020 André Nigri
Com a corda no pescoço © Editora Reformatório

Editor
Marcelo Nocelli

Revisão
Paulo Kaiser
Marcelo Nocelli
Valéria Ignácio

Imagem de capa
Pintura *As Máscaras* (2005) de Marcelo Girard, em foto de César Cury

Reprodução de imagem de capa
César Cury

Design e editoração eletrônica
Negrito Produção Editorial

Dados Internacionais de Catalogação na Publicação (CIP)
Bibliotecária Juliana Farias Motta (CRB 7-5880)

Com a corda no pescoço / André Nigri. – São Paulo: Reformatório, 2020.
128 p.; 14 x 21 cm.

ISBN 978-65-88091-03-9

1. Contos brasileiros. I. Título.

N689c CDD B869.3

Índice para catálogo sistemático:
1. Contos brasileiros

Todos os direitos desta edição reservados à:

EDITORA REFORMATÓRIO
www.reformatorio.com.br

À memória de Sérgio Sant'Anna,
o primeiro leitor destes contos.

Mas só retiro a máscara do rosto,
Quando acabar a farsa de mau gosto

HEINRICH HEINE (trad. André Vallias)

Sumário

11 Com a corda no pescoço

43 Na ponta dos pés

75 Se não fosse a lua

99 O tocador de triângulo

Com a corda no pescoço

1

"Antônio Vilela!"

Havia quase 20 anos e ninguém de quem eu me lembrasse me conhecia ali. Portanto, ouvir meu nome no corredor de um mercado de quinquilharias eletrônicas abarrotado de gente zumbindo alto pareceu-me antes o efeito aleatório de duas palavras entrechocando-se no ar do que um apelo dirigido a mim.

A única pessoa a quem minha presença pudesse chamar atenção no meio da anemia estava morta; havia acabado de voltar do seu enterro e por mais cansado e despersonalizado que me sentisse após pensar no corpo metido naquela caixa de madeira, ouvir meu nome era tão incongruente que continuei avançando pelo corredor apinhado entre boxes minúsculos e repletos de todo tipo de objetos e artefatos, que só por um milagre não despencavam dos diminutos balcões onde estavam amontoados.

Escolhera um hotel no centro onde há muitos anos me hospedara algumas vezes. Já naquela época sua decadência era visível, embora me agradassem ainda hoje sua fachada amarela esmaecida e suas linhas art déco. O quarto era amplo com uma cama de casal de ferro, uma poltrona de couro com encosto alto, uma mesinha ao lado, e dois criados com abajur. O banheiro pouco mudara. A pia esmaltada era munida de duas torneiras marcadas, uma com a letra F e outra com a Q, conquanto a água de ambas tivesse a mesma temperatura fria. Havia ainda um bidê e a área do chuveiro a gás era defendida por uma cortina de plástico atrelada a uma trave de metal.

Lá embaixo via-se a estátua plantada numa ilha no meio do cruzamento de duas avenidas: um herói com a corda no pescoço e as mãos amarradas atrás que não diminuía nem um pouco a marca da irrevogável feiura da minha cidade natal.

Tendo chegado do cemitério, resolvi deixar o hotel e caminhar um pouco pelas ruas antes tão minhas conhecidas e que agora percorria com indiferença e desinteresse.

Quase nada havia mudado. As calçadas continuavam irregulares, esburacadas e sujas e as vitrines das lojas apenas acrescentaram palavras em inglês. No lugar de alguns poucos cinemas, havia agora labirintos de lojas exíguas, dominadas por chineses e coreanos vendendo mercadorias falsificadas e contrabandeadas.

Fora numa dessas intricadas galerias que me encontrava quando julguei ter ouvido meu nome. Não permaneci lá dentro por mais de dez minutos. Tampouco prossegui meu passeio. Nada naquela cidade me atraía mais. Voltei para o hotel, onde antes de subir para meu quarto decidi beber alguma coisa no bar-restaurante no segundo andar.

Também ali não se via qualquer alteração: o balcão de mármore com tamboretes de assento giratório, a estante alta de bebidas, lambris de madeira nas paredes e os reservados. Sentara-me ali há 20 anos com ela, num reservado junto ao vidro. Passávamos horas conversando e bebendo. Num dos cantos havia um piano; ainda estava lá. Só depois de algumas horas, durante as quais não me cansava de observar o rosto tão amado, é que subíamos.

Resolvi pedir um Campari em homenagem aos velhos tempos. Fiz sinal para o único garçom do salão. Encostado ao balcão com o guardanapo dobrado no antebraço, ele parecia uma relíquia com seu uniforme de paletó e camisa clara, calça preta e gravata-borboleta. Arrastou-se até minha mesa pelo piso de parquê encerado, onde antigamente casais costumavam dançar, e anotou meu pedido.

Dali via o herói no meio do trânsito; a grande figura esculpida em pedra de forma grosseira com a cabeça grande demais, os cabelos escorridos sobre os ombros largos, a túnica até os tornozelos e os pés disformes de gigante. O protomártir da nação a caminho de ser enforcado após ter sido traído, em sua majestática versão de pedra exibia a convicção altaneira e impassível do dever cumprido e o fato de isso ter-lhe custado a vida não parecia pesar um grama na sua consciência.

2

"Gostei daqui. Esses lugares decadentes conservam o perfume do passado", ela disse sem parar de observar o salão cheio onde éramos os mais novos entre os clientes.

Havia pedido dois Camparis e, embora tivesse elogiado a cor sanguínea da bebida e a rodela de laranja espetada na borda do copo longo, fez uma careta ao experimentá-lo. "Você e seus gostos extravagantes. Gosto disso em você", disse em seguida.

Aos 27 anos, Helena era pequena, mas os braços e mãos delgados e o cabelo curto disfarçavam seu um metro e meio de altura. Todavia, era sobretudo a impetuosidade por trás do corpo miúdo que a tornava irresistível. Ao menos para mim, cuja coragem para convidá-la a sair levou quase um ano, desde quando começamos a trabalhar na mesma agência de notícias. Se levei tanto tempo para tomar a iniciativa não foi apenas pelo modo como sua beleza e eloquência me intimidavam, mas pelo prosaico fato de ser casada. "Sou tremendamente infeliz, mas não consigo me separar do meu marido." Foi só algumas semanas depois de ouvir por acaso essa confidência na cantina da agência que, ao segui-la até a saída, em vez de sorrir e dizer tchau disse: "Que tal se a gente saísse um dia desses?" Na hora, ela apenas sorriu e respondeu: "Quem sabe?" Uns 15 dias mais tarde, caminhou até minha mesa e falou: "Para onde você pretende me levar?"

E agora que estávamos a poucos centímetros um do outro com o pianista grisalho trajando casaca e tocando algum tema romântico, ela revelava coisas a meu respeito de cuja natureza eu jamais desconfiara.

"Sabe que mais de uma mulher na agência o considera um homem atraente? Sua timidez só aumenta o interesse delas. Você não tem nenhuma vaidade sexual, e as mulheres se tornam vorazes com alguém que esconde tão bem esse lado de rapacidade."

"E quanto a você, Helena?"

"Eu? Sou casada e amo meu marido. Mas, sim, você é muito atraente. Seria capaz de amá-lo também. Seria, mas antes que você se encoraje, adianto que não vou. Então por que, você deve estar pensando, eu estou aqui com você, num lugar tão propício ao adultério, como se eu fosse a Emma Bovary?"

"Por quê, já que tampouco eu sou o Rodolphe?"

Como se me ignorasse, ela continuou: "Por que você não convida a Ana, a Virgínia, a Michele e pelo menos mais uma dúzia de mulheres mais gostosas para sair? Aposto que nenhuma delas resistiria. Todas solteiras, disponíveis e prontas para se deitar com um cara como você. Mas logo eu! Em casa não tenho propriamente um Rodolphe, mas também não é um capacho pronto a ser pisado como Bovary".

"Como ele é então?"

"Olha, você não vai conseguir nada abrindo esse atalho. Não vou expor as vulnerabilidades dele."

"Quem aqui está abrindo um atalho?"

"Você é bom nisso, não é? Daria um ótimo psicólogo, invertendo as intenções e armando arapucas. Quem olha você, revestido com todo esse decoro, com essa couraça de retidão e bom-mocismo, nem pode imaginar quanta malícia se encontra aí dentro."

"É, você me acha malicioso?"

"Não sei. Não sei nada sobre os homens. Mal conheço meu marido. O que estou dizendo é que você podia ter escolhido dezenas de mulheres para trazer a esse lugar lindo e foi escolher logo a mim."

"E qual seu palpite por ter escolhido logo você?"

"Porque a beleza o intimida. Diante de uma mulher bonita, você se fecha como um caramujo. Não bota nem a cabeça pra fora."

"Pra mim, você é uma mulher linda."

"Pare com isso. Você não sabe nem mentir. Um cafajeste precisa saber mentir."

"Me apaixonei por sua complexidade. Estou fascinado pelas suas contradições."

"Eu me enganei, você sabe mentir também. E é muito bom com as palavras. Mas não vale a pena colocar suas fichas em mim. E não por me achar autoconfiante, mas justamente pelo contrário. Por ser tão simplória e convencional que qualquer expectativa depositada em mim despencaria tão logo a gente se beijasse."

"Você tem certeza de que quem se engana aqui sou eu?"

"Eu não disse isso. Estou me referindo às ilusões de que você se alimenta."

"E você se alimenta de quê?"

"Realismo."

"Uma dieta bem magra para alguém como você."

"Pode até ser, mas o risco de se machucar na queda é menor."

"Se você não gosta de correr riscos, por que aceitou meu convite então?"

"Porque sou burra. Porque você é instigante, porque sempre reparei em você, porque por mais que procure não consigo fugir do caráter aleatório da vida, e porque meu marido e eu não temos uma conversa inteligente há centenas de anos, porque ele jamais me traria a um lugar como esse, e porque desejo beijar você, mas não vou."

"Quer beber outro Campari?"

"Não. Já estou bêbada. Vou pedir um táxi."

"Estou de carro. Posso te deixar em casa."

"Não acho uma boa ideia. Assim como não foi uma boa ideia vir até aqui."

"Você é quem sabe."

"Você promete?"

"Prometer o quê?"

"Que não vai tentar me beijar no carro."

3

Nesse momento do nosso primeiro encontro fui puxado de volta ao presente quando a relíquia de branco surgiu e disse haver "um senhor" junto ao balcão que gostaria de falar comigo.

Mal tinha reparado que, além de mim, havia mais alguém no bar. Quando me virei, notei ao menos uma dúzia de pessoas espalhadas pelo salão, três delas sentadas nos tamboretes e, quando me esforcei para ver qual delas era o tal senhor que me solicitava, constatei que nenhuma delas olhava em minha direção. Tudo o que não queria era me encontrar com alguém ou, o que seria ainda pior, ter de conversar com alguém. Se escolhera esse velho hotel foi para não ter o dissabor de um encontro. Ainda mais agora, depois das lembranças despertadas pelo Campari.

"Esse senhor deve ter me confundido", eu disse.

"Antônio Vilela não é o senhor?"

"Ele deve ter se enganado", respondi e levei a mão ao bolso, de onde tirei a carteira e dela três notas de 10. "O senhor pode dizer a ele que houve um engano?", perguntei, estendendo as cédulas dobradas. "É claro, senhor." "Obrigado. Tome mais isso pelo excelente Campari, e fique com o troco."

Vendo o garçom se afastar, levantei-me o mais discretamente possível e me encaminhei para a porta, atravessando-a muito antes de meu mercenário mensageiro alcançar o balcão. Fui para o quarto pensando que talvez não fosse uma alucinação ouvir meu nome no mercado coreano e me perguntando quem seria o dono daquela voz e por que, meu Deus, queria falar comigo?

Talvez tivesse me visto no cemitério hoje à tarde, conquanto eu tenha permanecido o mais incógnito possível, a uns bons 50 metros de onde sepultaram Helena e só tenha me aproximado da cova recém-coberta depois que as cerca de 20 pessoas reunidas em volta dela haviam ido embora.

Helena não tivera filhos e o marido morrera fazia cinco anos. A agência de notícias na qual trabalháramos não mais existia e não reconheci nenhum de nossos antigos colegas. Além disso, nosso caso passara tão anônimo quanto minha fuga da cidade. O único motivo que me prendera ali e a única razão que fizera ir embora já não existiam mais.

Soubera da sua morte por acaso. Ao ligar a televisão na manhã de ontem, enquanto almoçava, o jornal noticiava um assalto seguido de morte. Ao ver sua foto e ouvir seu nome, não senti nenhuma emoção; fui engolido pelo vazio e só aos poucos ele começou a ser preenchido pelas lembranças. No meio da tarde, depois de conversar com o representante da fábrica para a qual vendia minha produção de leite foi que resolvi ligar para o Instituto Médico Legal da capital e confirmar a notícia. Identificando-me como parente, soube onde seria enterrada no dia seguinte.

Ou talvez fosse um ex-colega que me reconhecera e tivera a intenção de me encontrar. Mesmo nesse caso o que alguém conhecido podia querer comigo depois de tantos anos? Fizera questão de cortar todos os laços que me prendessem a essa cidade. Ocorria-me apenas a curiosidade como motivo. Mas seria isso o suficiente para ele me seguir até o hotel e pedir ao garçom me avisar de sua presença? Por que não se dirigira diretamente à minha mesa e se anunciara? Por que ficara de costas quando a notícia de sua presença e o desejo de me ver me foram transmitidos? Mas o pior de tudo fora a maneira súbita como tinha sido interrompido em minhas lembranças. Eu já pensava em pedir outro drinque antes de subir, e agora no quarto algo de novo se rompera e me ressecava. Sabendo que não deveria fazer o que estava fazendo, liguei para o bar e pedi para falar com o garçom e alguns minutos depois a voz rouca atendeu e perguntei se o homem que havia me procurado ainda estava lá. Ao ouvir que tinha ido embora, desci e me instalei no mesmo reservado onde recomecei, após pedir outro Campari, do ponto onde houvera sido interrompido.

4

Naquela noite, tendo-a levado de carro até a porta de seu prédio, não a beijei. E nos dias seguintes, ao cruzarmos nos corredores da agência, apenas nos cumprimentávamos ou, em rodinhas na sala do café, comentávamos as notícias da semana. Depois, ao notar minha presença, passava a falar do marido com entusiasmo, exaltava suas virtudes e associava sua insociabilidade ao fato de passar o dia pesquisando e escrevendo. Alguém quis saber qual era o tema a que tanto se dedicava. "Ele examina a traição do herói de nossa independência; não acredita ter sido apenas um dos conspiradores a delatá-lo; quer provar que a sociedade inteira se voltou contra ele para execrá-lo, julgá-lo e finalmente executá-lo. Segundo sua visão, houve uma deliberada falsificação para poupar os outros conspiradores do linchamento público e uma ardilosa fabricação de um mito que os poupou não apenas de serem castigados como os enriqueceu. Bem, não sei muitos detalhes, mas resumindo, o que o obceca é desvendar a natureza da traição: o que nos leva a trair, por que traímos?"

Costumava dar carona quando deixava a agência depois das oito. Às vezes até cinco pessoas se espremiam no meu Ford Fiesta azul. Duas semanas depois daquele encontro, eu abria a porta do carro no estacionamento quando ela apareceu e me perguntou se podia deixá-la próxima de casa. Não havia nenhum outro passageiro naquela vez. Ela entrou e partimos.

Durante todo o percurso, conversamos sobre banalidades relacionadas à agência, mas a poucos quarteirões onde devia deixá-la interrompeu fosse lá o que estivéssemos tagarelando e me perguntou se não poderíamos tomar um Campari naquele "bar de hotel com perfume de passado". "Isso", acrescentou, "se você quiser ou não tiver outro compromisso".

"Então, é sobre ele que seu marido está escrevendo?", perguntei apontando para a massa cinzelada do alferes lá embaixo.

"Sobre mim também."

"Você?"

"Eu não devia estar aqui. É sobre eu estar aqui quando devia estar em casa com ele."

"Acho que já tivemos essa conversa antes. Então vou perguntar de novo, por que você está aqui?"

"Senti a sua falta. Está contente de ouvir isso?"

"O desconhecido."

"Não entendi."

"Milan Kundera escreveu que trair é partir para o desconhecido."

"Não me venha com erudição. Isso é uma frase feita."

"E nada lhe parece tão belo quanto partir para o desconhecido."

"Ele escreveu isso também?"

"Foi o que ele quis dizer, e acho que é o que estamos fazendo, não é?"

"Isso é terrível. O desconhecido é terrível. Quando foi que você começou a reparar em mim?"

"Sua impetuosidade. Quando um dia você parou na frente da editora e mostrou sua indignação sobre uma matéria que achava inadequada."

"Antes era a complexidade. Agora, a impetuosidade. Acho que você iria se decepcionar se soubesse que debaixo disso só existem simplicidade e banalidade. Sou a pessoa mais convencional que você podia conhecer."

"É mesmo? Acho que você é igual àquele cara lá fora com a corda no pescoço."

"Não sei do que você está falando. De qualquer jeito, não tenho vocação para ser heroína."

"Talvez sua vocação seja ser mártir."

"Sabe que não é tão ruim quanto no início?"

"Ser mártir?"

"Não, palhaço. Campari. Depois que você toma o primeiro, fica bom."

"E em casa, o que você faz em casa?"

"Meu marido não bebe nada alcoólico. É viciado em Coca-Cola. Toma até quente."

"É só esse vício?"

"Claro, que outro vício você suspeita que ele tem?"

"Você. Ele é viciado em você. Quando ele passa o dia todo lendo e escrevendo sobre traição, está pensando em você."

"Olha, chega! Achei que você fosse perspicaz, mas essa foi demais."

"Como você quiser, mas posso fazer uma pergunta? E quanto a você, além de ser a pessoa mais simplória do mundo, a esposa mais fiel que um marido pode desejar, qual é seu vício secreto?"

"Sabe, eu achava você inacessível."

"Para você ver como a gente se engana, pois eu também achava você inacessível."

"Para você ver como minha autoconfiança é mais baixa do que eu."

"É mesmo? Sempre ouvi falar que os baixinhos eram os mais petulantes. A história está cheia de tampinhas explodindo de autoconfiança."

"Para!"

"Você não para de olhar o relógio."

"Combinei de assistir um filme com meu marido."

"No cinema?"

"Claro que não. A gente nunca vai ao cinema juntos. Em casa."

"Bem, então ele não é tão obcecado quanto você deu a entender."

"É um filme sobre o holocausto. Um documentário sobre o holocausto. Você consegue imaginar algo mais romântico do que assistir a um filme sobre milhões de pessoas sendo exterminadas ao lado de seu marido na cama? Você acha que depois de duas horas vendo esse horror a gente desliga a TV e vai trepar?"

"Por que você se casou tão cedo?"

"Porque me apaixonei. Se você acha que sou impetuosa, precisava ver o ímpeto dele na faculdade. Nunca havia conhecido alguém tão indignado pelos motivos mais justos, alguém

COM A CORDA NO PESCOÇO *23*

com tamanha combatividade. E intelectualmente ninguém se comparava a ele. Aos 19 anos, ele já tinha lido tudo. Era idealista e rebelde. Discutia com os professores quando discordava deles, ia à sala do diretor para debater sobre as políticas de ensino do departamento. Não se deixava intimidar por nada. Eu olhava para os lados e via um monte de garotos babacas, acovardados e comodamente instalados na sua segurança burguesa. Enquanto ele era neto de anarquistas, saíra de casa antes de entrar pra universidade. No meio de uma multidão, quando ele começava a falar, na mesma hora todo mundo ficava em silêncio escutando. Só de olhar pra ele você se sentia estimulada. Foi por isso."

"Mas como uma garota cuja imagem de si mesma reflete tão pouca confiança conseguiu conquistar o coração do orador mais popular do campus?"

"Você faz perguntas demais. E sou idiota demais porque não consigo deixar de respondê-las. A verdade é que ele era tímido com as mulheres."

"Qual era a natureza da timidez dele?"

"Ah, assim não dá. Isso está indo longe demais. Peça outro Campari. Bem, acontece que ele era virgem."

"Você sabia disso quando foi pra cama com ele?"

"Não. Era a última coisa que eu podia imaginar. Como um cara como ele, com todas aquelas meninas dos anos 80, aquelas garotas desinibidas da universidade, que trepavam na grama do campus em plena luz do dia, podia ser virgem? Só me contou depois."

"E você acha que ele disse a verdade?"

"Tenho certeza. Tenho certeza absoluta. Por causa da..."

"Pureza dele."

"É."

"Por causa dos heróis puros com os quais ele deseja se igualar."

"Eu morria de ciúme dele. Tinha certeza de que ele me traía."

"Mas agora tem certeza de que isso nunca aconteceu?"

"Tenho. Sabe por quê? Meu Deus, eu não devia estar falando nada disso. Porque uma vez ele disse que tentou e não conseguiu. Procurou uma puta e não conseguiu trepar com ela."

"E como você reagiu?"

"A gente passou a noite inteira chorando, e se abraçando. E aí..."

"Aí?"

"Puta que o pariu, por que eu não consigo ficar calada? Aí eu confessei que o traí."

"Por quê? Por que você confessou?"

"Chega de tantos porquês! Porque a gente não sabe. Porque isso revogava tudo o que acreditávamos."

"E depois, nunca mais aconteceu de novo?"

"Aconteceu com o mesmo cara."

"E você contou de novo?"

"Não! Acho que estou bêbada. Todas as minhas amigas, todas as meninas da agência, acham que sou promíscua. Todas me procuram para ouvir um conselho ou me contar com quem estão trepando. E eu não faço nada para desmenti-las. Dou os conselhos como se eu fosse a cortesã mais experiente da corte."

"Bem, acho que você está atrasada pra ver os judeus sendo traídos com seu marido."

"Você está decepcionado comigo, não é? Eu sabia que isso ia acontecer. Eu tinha que abrir a boca, tinha? Agora deu essa merda."

"Não estou decepcionado. Estou com ciúme."

"Ciúme? Do meu marido? Você está brincando."

"Não dele. Do seu ex-amante."

5

O tráfego diminuíra bastante no cruzamento em cujo centro, sobre um quadrilátero de escadas, e iluminado por dois holofotes, pousava indiferente na sua imobilidade o alferes. Nos degraus, havia dois corpos embrulhados em cobertores cinzentos deitados sobre jornais. Antigamente, havia uma praça ali, de forma ovalada com árvores, bancos e um pequeno lago com fontes. Mas ela foi encolhendo enquanto as avenidas que a cruzam foram se alargando. A invasão da feiura tornara minha cidade insuportável, como se ela tivesse sido traída. Mas agora, com o bar do hotel quase vazio, fui invadido não pelo ódio que me prendera durante tantos anos ao lugar onde nascera, mas pelo fluido calmo de nostalgia; do perfume do passado, como Helena dissera. Constatei que, agora que ela estava morta, morrera também o ódio por aquele lugar.

Morrera o ódio, mas não a perturbação da revelação feita àquela noite de que não fora eu o único amante de Helena. Que houvera outro, antes de mim, embora esse outro, segundo ela repetira algumas vezes enroscada nua em meus braços, nada representasse e que até me conhecer não sabia de fato o que significava sentir prazer ao lado de um homem.

Na época, quando nos encontrávamos duas vezes por semana para passar algumas horas juntos na cama de um quarto desse velho hotel, aquilo não representava quase nada, senão um pequeno aborrecimento. Agora, lembrando do nosso segundo encontro, com a insistência tenaz de um pequeno espinho sob a pele, sentia remorso.

"Com licença, o senhor deseja comer alguma coisa? A cozinha vai fechar."

Olhei para o velho garçom com seu dólmã impecável, as veias azuis de suas mãos, e me perguntei se não era o mesmo que 20 anos antes testemunhava nossos clandestinos encontros, pois seu aspecto era facilmente identificável com a decadência do local.

"O senhor pode me trazer mais um?", perguntei, erguendo o copo.

6

"Sabe o que uma menina da agência me disse hoje?"

"Que você deveria largar seu marido e casar comigo."

"Para com isso. Não há nenhum devia. Estou apenas seguindo em uma direção, não sei exatamente qual, mas sei muito bem para onde voltar."

"O que ela disse?"

"Disse que havia um brilho na minha pele e que eu estava diferente."

"Diferente como?"

"Mais leve."

"E o que você respondeu?"

"Que era só impressão dela, que eu sou a mesma."

"Seus seios são lindos."

"Não são, não. São pequenos e achatados."

"Eles foram feitos exatamente à medida das minhas mãos."

"Escuta, você está se iludindo, não vou largar meu marido. Não posso. O livro dele está ficando maravilhoso."

"Adoro sua boceta. Adoro lamber sua boceta."

"E eu adoro quando você faz isso também. Às vezes, parece contorcionismo."

"Helena Comaneci."

"Meu Deus, foi a primeira Olimpíada que eu vi. Eu fazia ginástica rítmica no colégio e queria ser igual a ela."

"Conseguiu ser melhor."

"Ela desbancou todas as americanas. Foi vibrante. Uma romena comunista embasbacando o mundo. Todas as meninas queriam ser iguais a ela."

"É verdade, mas ela também foi uma traidora, lembra? Abandonou a Romênia, onde era a preferida de Ceausescu, e se mandou para os Estados Unidos."

"Vou me vestir."

"O que foi, magoei você ao dizer que a atleta mais perfeita de todos os tempos, o símbolo da pureza, o ícone da justiça e fraternidade, não suportou a falta de liberdade e saiu saltitando rumo à imundície do Ocidente? Talvez ela estivesse com a corda no pescoço. Já pensou nisso? Já pensou que o pacto da fidelidade absoluta não pode prescindir de um nó bem apertado na garganta?"

"Você quer que eu deixe meu marido para me casar com você. Isso não é apenas mudar a corda de pescoço?"

"Não se você não passa 24 horas por dia obcecado pela traição, dissecando cada milímetro da felonia, furiosamente investigando a anatomia da perfídia. Isso não tem nada a ver com liberdade, e muito menos com felicidade."

"Pare de falar assim."

"Então vamos parar de nos ver."

"Ah, não me venha com esse joguinho sujo, essa chantagem barata."

"Admito. Admito que é ardiloso dizer uma coisa dessa. Mas nós não vamos amarrar nossas cabeças como aquele idiota de bronze lá fora."

"Como você pode ter certeza disso? As pessoas sempre dizem isso no início. Não preciso ser a Elizabeth Taylor com seus dez casamentos para saber que a idealização tem vida curta e que o prazo de validade da paixão vence em muito menos tempo do que a gente imagina."

"Olha, vamos embora daqui e começar em outro lugar. Não sou ingênuo a ponto de achar que nossa relação vai ser como a do último capítulo das novelas, mas é justamente por não ter tanta ingenuidade que nossas chances são altas."

"Você vai se decepcionar logo comigo."

"Você me disse que se alimenta de realismo, lembra? Pois é, mas acho que sua dieta é feita à base de engano."

"Ir pra onde?"

"Agora melhorou. Tenho uma pequena fazenda a uns 400 quilômetros daqui. Podemos reformar a casa e viver com todo o conforto. Você mesma disse que não suporta essa cidade."

"Mas viver no meio do mato?"

"Não é meio do mato. Há muita coisa para fazer numa fazenda, sabia?"

"Vou me sentir numa prisão."

"Ah, olha, desculpe se não consigo parar de rir. Numa prisão? Um marido furioso com a ideia de pureza, um estudioso obcecado com a traição, um tirano maluco que não consegue se imaginar com outra mulher, mas que não trepa com você há dez anos. O marido-carcereiro e você acha que não vive numa prisão?"

"Eu não saberia nem por onde começar."

"O quê? Tem medo de dizer a ele que se cansou? Você, a líder feminista e politizada do campus, a jovem estudante emancipada e libertária, tem medo de comunicar ao líder da juventude esquerdista, a segunda geração da paz e amor, que simplesmente quer dar o fora?"

"Eu avisei que era a personificação da contradição, não avisei?"

"Helena, não se trata de contradição. Isso é imolação no mais alto grau."

"Eu sei."

"Olha, há um aeroporto a duas horas da fazenda. Se você se sentir atolada no tédio é só pegar um avião e ir para onde quiser."

"Isso não pode estar acontecendo."

"O quê?"

"Acho que estou apaixonada por você."

"Eu te amo, Helena."

"Jura?"

"Eu te amo. Fala com ele, ou não fala com ele. Ele não precisa saber de nós dois. Simplesmente peça um tempo e suma."

7

Depois daquela conversa, para mostrar que não estava brincando ou atirando uma promessa vazia no ar, vali-me do mesmo artifício do marido de Helena quando jovem: agi ardorosamente, de modo tão inflamado e determinado quanto ele ao clamar pela justiça social com sua combatividade.

Num fim de semana, viajei até a fazenda – na realidade um lugar que pouco me atraía – e, diante do meu incrédulo administrador, comuniquei-lhe minha mudança para lá em três meses e, para aumentar ainda mais sua estupefação, acrescentei que me casaria. Também informei à direção da agência meu desligamento. Todos me interpelavam, me julgando afetado por uma passageira afecção mental. Como alguém no ápice da profissão abandona o barco de uma hora para outra e vai criar gado e porcos no fim do mundo? Eu respondia, principalmente quando percebia Helena por perto, com ênfase, que me cansara da vida na cidade, cada vez mais caótica e degradada – o que era verdade –, que buscava a pureza de uma vida simples e que pensava em realizar reformas e contribuir para melhorar a situação do trabalhador rural – o que era mentira. Se me achavam louco ou não, pouco me importava. E isso obteve um efeito notável a meu favor. Helena me disse que algumas colegas passaram a me elogiar mais. "Se você estalar os dedos, elas saem correndo para ordenhar as vacas da sua fazenda." Mas o efeito desejável era que a própria Helena ficasse mais entusiasmada embora não tivesse comunicado nada ao marido. "Vou pegar minhas coisas, deixar uma carta e ir embora. Vai ser uma traição horrível, mas não tenho coragem de dizer isso olhando na cara dele."

Durante os três meses até o dia da minha partida, continuávamos a nos ver duas vezes por semana no hotel. Quando nos despedimos ainda no quarto, pois ela sempre saía uns 20 minutos antes de mim, nos beijamos demoradamente e quase ao mesmo tempo dissemos "eu te amo". Combináramos que em dois meses ela se juntaria a mim.

Foi a última vez que nos vimos.

8

Mas não a última que nos falamos.

De um telefone público, Helena me ligava, no primeiro mês, três vezes por semana, dizendo não ver a hora de reencontrar comigo, de como morria de saudades de nossas conversas e dos momentos que transávamos sem parar. Ela até evitava, de acordo com suas palavras, passar em frente ao hotel, tão contorcida de saudades se via. Quando eu perguntava – e o fazia sempre – se sua vontade se mantinha inalterada, ela respondia sim, nada a faria mudar de ideia, cansara-se da "prisão" e da tirania doméstica imposta pelo fanatismo do marido. Aquilo continuou até o início do segundo mês, quando os telefonemas se tornaram mais escassos e lacônicos. Ainda assim, não havia com o que me preocupar, a brevidade das ligações se davam porque andava com os preparativos para a *fuga*, e se sublinho essa palavra foi por Helena tê-la repetido com um realce insistente.

A 15 dias da data da sua partida, o telefone ao lado da poltrona de couro encostada a um canto da grande sala da fazenda tocou à meia-noite, quando eu já me encontrava no quarto lendo.

"Não posso... Eu sinto muito... Não posso... Me perdoa... Me perdoa..."

"O quê? De onde você está falando? O que você está dizendo?"

"Ele... Não posso abandoná-lo... Ele... Agora não posso..."

"Helena?!"

"Está doente. Ficou doente. Está mal... Seria infame... Não posso... Eu sinto muito..."

"Helena!"

"Não!"

"É chantagem, Helena. Meu amor, ele está te chantageando, e isso sim é infame! Está apertando a corda em volta do seu pescoço!"

"Não. Está doente mesmo... Pode estar morrendo. Não posso abandoná-lo quando ele está morrendo."

"Helena, escuta. De alguma forma, ele soube. Ele soube que você estava indo embora. Ele é um especialista em traição. Ele tem o faro de perdigueiro e notou que algo estava acontecendo. Por isso inventou que está doente. É uma chantagem, não é possível que você não perceba! Não acredito que você caiu nessa."

"Não. Ele não pode viver sem mim... Ele vai morrer... Eu não posso..."

"Helena, escuta. Vou aí. Vou aí te pegar. Estou indo agora!"

"Não! Não posso... Não vou deixar ele morrer..."

"Helena! Helena!" Mas ela já desligara o telefone.

Liguei para sua casa, mas ela não atendeu e nos dias seguintes mudou o número do telefone. Liguei para a agência, mas ela havia deixado o emprego. Pedi para falar com uma de suas amigas, mas ela não sabia ou não quis me informar onde poderia encontrá-la.

De fato, seu marido morrera. Mas não naqueles dias, nem naquelas semanas ou mesmo nos meses seguintes ao telefonema. Soube de sua morte pelos jornais, numa pequena nota no canto da página, lamentando que o "dedicado e grande estudioso" do protomártir da nação havia sofrido um mal súbito e falecera deixando, "infelizmente" inacabada, "a exaustiva obra" à qual passara quase duas décadas se dedicando. Isso aconteceu cinco anos depois de ouvir a voz de Helena pela última vez.

9

"Antônio Vilela?"

Sentado no meu reservado, a essa altura julgava ser o único cliente no salão, ouvir meu nome pela segunda vez no mesmo dia não era efeito de um entrechoque aleatório, como me parecera mais cedo no mercado. Tampouco era a voz roufenha e sibilante do garçom, o qual já se encostara na ponta do balcão e se mumificara por lá enquanto décadas de repetições posturais faziam-no manter o guardanapo de linho dobrado como uma tipoia invertida no antebraço. E agora que minhas lembranças da mulher que um dia amei se tornavam um vago sonho de infidelidade e todo o meu desejo era subir, dormir algumas horas e nunca mais voltar à minha cidade, vi-me interrompido pela voz bem acima de mim e de onde ela saíra: de um homem mais ou menos da minha idade, com a testa calva, de óculos, cabelos castanhos, alto, de ombros curvados, e vestindo camisa clara sob blazer azul. Sorrindo, ele voltou a pronunciar meu nome, dessa vez sem interrogação, como se qualquer dúvida que porventura pairasse sobre minha identidade tivesse terminado. Diante daquela brusca, mas educada intervenção, não me restou outra coisa senão convidá-lo a se sentar. Se eu o conhecia? Nunca o tinha visto. "De fato, nunca nos vimos, mas o conheço tão bem que me sinto até encabulado", ele disse.

"O senhor esteve me seguindo?", perguntei, um pouco cansado, um pouco embriagado e sinceramente nem um pouco curioso.

COM A CORDA NO PESCOÇO 35

"Sinto muito, mas eu também estava lá."

"Onde?"

"No cemitério", respondeu baixando a voz com se ainda estivesse junto à congregação despedindo-se da morta. Por mais que me esforçasse, não me lembrava de tê-lo visto no pequeno círculo formado em torno da sepultura de Helena. E como ele adivinhasse meu esforço por uma resposta mais precisa, falou: "Eu também me encontrava afastado e oculto".

"Quem é você?", minha pergunta não era, como pode parecer, por curiosidade, mas antes pela vontade de terminar com tudo aquilo e ir embora. Portanto, foi ele quem falou quase o tempo todo madrugada adentro.

10

"Como você, fui amante de Helena. O primeiro e último amante dela. Mas não o que ela mais amou. Fomos colegas na universidade. Eu e o marido dela éramos ao mesmo tempo amigos e rivais. Pois pode-se ser amigo e rival, sobretudo quando se disputa a atenção de uma mulher. E nós dois disputávamos a atenção de Helena. Éramos arrebatados, entusiastas das mudanças, engajados na luta, pontas de lança dos movimentos. Incendiários, era como nos chamávamos. Queríamos mudar o mundo, como qualquer jovem. Fazíamos tudo juntos. Sabe qual era nosso filme preferido? *Jules et Jim*. Lembra desse filme? Pois é. Aqui ele ganhou o subtítulo de 'Uma Mulher para Dois', lembra? E nada se encaixa com mais perfeição no nosso caso. Uma vez, saindo do cineclube, ela, de

braços dados a nós dois, disse: 'É possível amar dois homens?'
Falou de brincadeira, mas sabíamos que era a sério. Ela, bai-
xinha, espevitada, cheia de ímpeto e inebriada pela liberdade,
disse que amava nós dois. Depois, saía correndo de braços
abertos num grande arrebatamento. No início, era tudo meio
inconsequente, pura diversão, cheio de leveza e alegria. Mas
aos poucos aquele sentimento dividido começou a ser tingido
de tristeza. Como eu disse, ele e eu éramos parecidos em tudo,
exceto numa coisa. Eu era mulherengo e ele ocultava sua cas-
tidade atrás do ardor da indignação política. Isso em nada
afetava nossa amizade, e ele nunca me censurou. Até o dia
em que nos vimos apaixonados pela mesma mulher. Quando
aconteceu, nos tornamos mais distantes. Ele passou a evitar
nossos passeios. E sem ele, aquela alegria de antes evanesceu.
Helena evitava ser vista com ele quando eu estava por perto.
Chegou um dia em que eu e ele brigamos. Mas não por ela,
embora, claro, subjacente à discussão que tivemos a respeito de alguma questão sem muita importância do movimento
estudantil, era ela quem estava no centro. Depois disso, não
mais nos falamos. Foi quando viramos rivais, como dois jovens românticos babacas, iguais aos que a gente tanto critica-
va. Só faltou um duelo. Mas o que aconteceu em seguida não
deixou de ser um duelo. Procurei Helena e disse que a amava
e queria viver com ela. E ele fez o mesmo, como fiquei sabendo mais tarde. Então ela sumiu. Durante 15 dias, não pisou na
faculdade, não a víamos em lugar nenhum. Telefonávamos
para sua casa e a amiga com quem ela dividia o apartamento
respondia que ela havia viajado. Mas ela sumira para pensar

COM A CORDA NO PESCOÇO *37*

ou para escolher. E ela o escolheu. Nunca perguntei por que, pois sabia a razão de tê-lo preferido a mim. Por causa da pureza dele, da sua maldita pureza virginal, dos elevados princípios da sua retidão moral. Eu não era rival para tamanha resolução. Eu tinha meus casos, trepava com as meninas, mas depois que me apaixonei por ela, me tornei casto como um monge, não para me valorizar a seus olhos, eu nunca imaginei que ela pudesse levar uma coisa dessas em consideração, mas simplesmente porque nenhuma outra garota me interessava mais. Bem, ela o escolheu e veio me contar que guardaria de mim as melhores lembranças, um perfume doce do passado que ela jamais esqueceria."

"Um perfume doce do passado?", interrompi.

"Pois é. Veja você a que ponto chegou o fingido sentimentalismo barato dela. Disse isso e foi embora. Estávamos no fim do terceiro ano. Eu sofri tanto que pedi transferência para outra universidade. Não quis nunca mais saber dela. Logo depois de formar, me casei. Um dia, uns quatro anos mais tarde, nos encontramos por acaso. Eu achava que a havia esquecido, mas ao vê-la foi como se todo o entusiasmo apaixonante de antes irrompesse bruscamente. Ficamos sem graça, claro, como acontece quando dois namoradinhos dos tempos de escola se reencontram. Mas ela deixou o número de seu telefone comigo. A primeira coisa que pensei foi em rasgar aquele papel e nunca mais revê-la. No entanto, a gente sempre faz o contrário do que pensa, não é? E uma semana depois, liguei pra ela e combinamos um encontro. Foi o primeiro de uma série que durou um ano. Viramos amantes. Ela dizia que não conseguira me esquecer um único dia desde aquela tarde em que anunciou que ficaria com o outro. Nos víamos toda semana e eu estava completamente louco por ela. Disse que ia separar da minha mulher e ela disse a mesma coisa. Dizia que não suportava mais o marido e sua obsessão por aquele sujeito ali fora, o alferes. A traição da qual ele fora vítima. A delação. O pior dos males. Começara a ler tudo o que podia sobre o tema, reunira uma bibliografia que não parava de crescer, desde as histórias mais remotas, desde Caim e Abel, até as mais recentes, como as de agentes duplos. Não parava de pensar e falar daquilo. Aí um dia, ela rompeu comigo. Simplesmente disse que não podia largar o marido e pediu que nunca mais a procurasse."

"Você disse que foi não apenas o primeiro, mas o último amante dela. Quantos amantes ela teve depois de você?"

"Um. Você. Depois de você, ela conseguiu me achar. Quando soube que era ela, desliguei o telefone, mas ela ligou de novo e atendi. Queria me ver. E mais uma vez fiz o que não devia fazer, fui vê-la. E logo nesse primeiro reencontro, ela me arrastou para este hotel."

"Para este hotel?"

"Ela estava mudada. Alguma coisa a havia transformado. Estava bebendo muito. Sentamos num reservado igual a esse, e ela bebeu quatro Camparis. Depois me implorou que subisse com ela. Disse bem assim: 'Quero dar pra você'. Foi terrível. Ela se entregava como se fosse uma obrigação imposta a si mesma. Com um arrebatamento claramente fingido. Mas eu continuava a fodê-la mesmo assim, continuava a fodê-la um pouco como vingança por ela me ter preterido, mas um pouco também porque pensava ingenuamente que poderia ressuscitar o tesão que sentira por ela desde a juventude. Mas eu estava enganado. Ela não era mais a mesma, era uma lástima, um traste se entupindo de álcool."

"Como foi que você soube que fui amante dela?"

"Porque ela não parava de gritar seu nome. Ela invocava seu nome enquanto pedia que eu batesse nela. Sim. Ela desejava apanhar. Confesso que senti tanta repugnância que a estapeei com força, com ódio. Ela começou a chorar e a rir ao mesmo tempo, e eu me levantei para ir embora. Ela implorava para que não fosse gritando seu nome. Saí de lá e minha repulsa só não era maior que a pena. Depois disso nunca mais a vi. Ela também nunca me procurou. Então li nos jornais sobre a morte dela. Bêbada e andando a esmo na rua de madrugada foi abordada por um grupo, resistiu e acabou esfaqueada."

"Mas como você soube que eu iria ao enterro e como soube quem era eu?"

"Sou professor de uma universidade a pouco mais de 100 quilômetros da sua fazenda. Mudei para lá depois daquele maldito reencontro. Não podia viver na mesma cidade que ela. Sabia seu nome e não foi difícil saber que você era um produtor rural com algum destaque. Você chegou a ser convidado uma vez para uma conferência na faculdade de agronomia da universidade. Lembra disso?"

"Lembro."

"Pois bem, fui vê-lo. Entrei no anfiteatro e me sentei apenas para vê-lo."

"Por quê? Queria se vingar de mim também?"

"Não. Tinha curiosidade de conhecer a pessoa que ela invocava e dizia tê-la abandonado."

"Ela disse isso, que eu a abandonei?"

"Disse."

"Entendi."

"Por que você a abandonou?"

"Não a abandonei. Foi ela..." E contei-lhe o que havia acontecido.

"Meu Deus. Foi por isso que hesitei em me dirigir a você. Quando o vi no cemitério, te segui e vi que você se hospedara aqui. Bem, isso fazia todo sentido. Mas não tive coragem de procurá-lo. Fiquei no saguão à sua espera e te segui de novo. No shopping popular, gritei seu nome, mas logo me escondi. Minha curiosidade lutava contra minha covardia. Não estava preparado para conhecer o homem pela qual ela foi tão apaixonada. Então o segui de volta até aqui e quando te vi sentado neste bar, pedi ao garçom que te avisasse. Mas você se levantou e subiu para seu quarto."

"E então você também foi embora. Por que voltou?"

"Para saber se você vinha."

"Por isso?"

"Eu a amava. Nunca amei outra mulher como ela. Sinto muito se te aborreci."

"Não sinta."

"E você, por que veio?"

"Para me despedir... Não sei", respondi e me levantei.

"A gente nunca sabe por que faz o que faz, não é?"

Ergui os ombros e comecei a caminhar em direção à saída, mas, no meio do salão, parei e perguntei a ele: "Soube que o marido dela morreu há uns cinco anos. O que aconteceu?"

"Ele se matou. Ela o havia deixado. Uma semana depois entrou no apartamento para pegar algumas coisas, e o viu enforcado na sala."

"Morto como um mártir. Traído como aquele lá fora e morto para se tornar um mártir."

Na ponta dos pés

1

Por mais que me esforçasse mais ela suplicava para aumentar o ritmo.

"Com força, *lyubov*. Quero sentir você todo dentro de mim", suplicava Francesca com sua voz fina e quebradiça. Em parte, era pelo receio de partir seus ossos que refreava meus impulsos. Mas o principal motivo era a iminência de ser fulminado por um enfarte. Mais alguns poucos minutos, e tinha certeza de cair duro no chão do quarto. Apelei então para os dedos. "Ahh, *lyubov*... Assim, assim..." E isso abreviou o colapso.

Ela, de quatro, as mãos apoiadas no colchão e a bunda virada para mim, uivou como uma loba das estepes e desacoplou, esticando-se de bruços na cama, enquanto o seu *lyubov*, não tendo nem ao menos conseguido gozar, de tão concentrado, se vira absorvido para não a decepcionar, desabou ao seu lado.

Antes de desfalecer por completo, minha companheira sussurrou: "Você faz me sentir tão menos triste, meu *pápenka*."

E antes de eu também apagar após a mais extenuante das cópulas, fisguei a bombinha para asma debaixo do travesseiro e a coloquei sobre o criado ao lado dela.

2

Estávamos num sítio, uma casinha de três cômodos, no sopé de uma montanha, onde pastava um rebanho de vacas, a qual alcançávamos atravessando uma estradinha de terra e a cerca de mourões e arame farpado. Chegáramos num sábado, e voltaríamos no meio da tarde do dia seguinte. Nossas primeiras 24 horas juntos, longe da cidade, isolados, só eu e ela.

Ao entrarmos, ela tirou de uma grande bolsa de viagem uma garrafa de vodca e um guia de conversação em russo, com o qual me presenteou com uma dedicatória amorosa. Havíamos comprado linguiça e lombo numa cidadezinha próxima e comecei a preparar o almoço tão logo nos instalamos. Enquanto procurava e separava os utensílios na cozinha, ela abriu a vodca e encheu dois copinhos que havia trazido de casa. Estendeu-me um deles na pia.

"Toma-se quente mesmo?"

"É claro, um russo acharia imperdoável bebê-la gelada."

"É, mas na Rússia a temperatura máxima no auge do verão não passa dos 20 graus, e deve estar uns 35 lá fora."

Ela sorriu como se eu tivesse dito uma asneira tão grande que dispensasse comentários e antes de virar seu copo jogou dois comprimidos brancos na boca.

"*Vache zdoróvie!*", exclamou.

"*Vache zidoróv*", respondi, erguendo meu copo e antevendo o terrível efeito de entornar seu conteúdo de uma vez só goela abaixo.

"Você vai se acostumar, meu *lyubov*", disse, vendo o esforço por mim empreendido para não cuspir na pia.

"Vou sim, minha *lyubov*."

"*Lyubov*. Repita comigo, *lyubov*."

Repeti e ela encheu outros dois cálices.

"Daqui a pouco, *lyubov*", eu disse, "estou no início do meu aprendizado em cultura eslava."

Esboçando um gracejo, virou a segunda dose.

3

Francesca era pequena e aparentemente frágil. Os seios eram um par de ameixas com auréolas escuras e os mamilos tinham o formato das pontas de borracha na extremidade de um lápis. Tudo nela era miúdo: a boca, o nariz, os olhos, o rosto, as orelhas, os membros. Uma minúscula criatura, como a última bonequinha russa dentro da matriosca.

O balé era sua vida desde os 6 anos.

"Toda mãe matricula", ela me dissera, "a filha no balé e toda garotinha sonha em ser bailarina – ao menos há 30 anos quando eu era criança –, mas só uma entre milhares possui obstinação e disciplina suficientes para sacrificar toda a infância e a adolescência repetindo infinitamente passos e exercícios durante muitas horas do dia para talvez ter uma única oportunidade de integrar um corpo de baile."

E continuando: "Afora as infinitas preocupações com o peso, altura, aparência, os pavores de contusões e contraturas, que por um mínimo descuido enterram uma carreira. Os melhores anos esmagados por eternas aflições. Uma carreira cujo auge normalmente é atingido aos 17 e que poucos anos depois se vê encerrada a um custo de atrofias e deformações ósseas terríveis. A começar dos pés, de cujas laterais dos dedões costumam brotar joanetes do tamanho de cogumelos, e da distorção da coluna dorsal, cuja curvatura desenha-se tão serpenteante quanto uma clave de sol".

Mas isso não era tudo. Havia ainda a rivalidade: "As bailarinas se odeiam. É igual a um concurso de misses. Nenhuma se conforma em não ser a vencedora e ainda precisa sorrir e abraçar a campeã".

Os professores e coreógrafos por sua vez constituíam um capítulo à parte: "Déspotas, tiranos, facínoras. Não à toa o melhor balé do mundo é o russo, a terra dos czares, dos Romanov a Brejenev e Putin. O gulag, onde todo mundo gosta de sofrer".

Francesca integrara o corpo de baile do Kirov durante mais de dez anos, após passar por inúmeras fases de seleção, competindo com milhares de garotas do mundo inteiro.

Talvez isso explicasse as súplicas quando trepávamos.

Era a dor; a dor como o mais poderoso afrodisíaco. Mas não alguma forma de masoquismo. Pelo menos não era o que eu pensava. Minha suposição, com base em toda uma vida sacrificada à dança – com excruciantes e longos períodos de dolorosa disciplina e raríssimos instantes de êxtase ao se apresentar como solista –, era a de que Francesca possuía a inabalável certeza de que só alcançaria a felicidade após atravessar um penoso e demorado tormento. Aquilo estava em-

46 ANDRÉ NIGRI

butido nela como a bonequinha encapsulada nas suas ocas irmãs maiores. Uma pérola escondida no ventre da ostra mais inalcançável. Bastava olhar para ela e enxergar a delicadeza cintilando por todos os poros.

Ela não falava, ciciava. Seu sorriso era como a abertura de um pequeno ferimento, e transmitia a benevolência de uma princesa. Caminhava como uma garça. Vestia-se com elegância um tanto anacrônica, mas de forma alguma pouco atraente.

Quando a conheci, numa grande mesa onde se comemorava o aniversário de uma amiga em comum, ela se mantinha impassível no meio de toda aquela descontração. Trajava um vestido de alça com um xale jogado sobre os ombros, e o cabelo fixava-se no alto por uma borboleta. Seu pequenino rosto estava maquiado à moda antiga, com sombras púrpuras escuras nos olhos e cílios, cuja natureza equivocadamente tomei como artificiais. Usava um batom vermelho-escuro e um tom creme de pó nas faces emaciadas. Ela parecia uma atriz trajada para uma peça de época.

Uma mulher cuja beleza atraía, mas, uma vez capturado por ela, a alma da gente parecia perder-se no vazio. Ao menos era essa minha impressão ao dar um jeito de sentar quase à sua frente na pizzaria.

Como chamar sua atenção foi a primeira coisa que me perguntei ao me apresentar. Ela esticou a mão, onde um anel de ametista se destacava entre os dedos descarnados.

Bem, tenho alguns truques cuja eficiência junto às mulheres me faz repeti-los com um saldo ligeiramente mais positivo do que negativo. Mas como fazer para fazer capitular uma mulher de mais de 30 anos, cuja autoconfiança parecia imune às minhas cantadas baratas? Porque se alguém ali havia capitulado era eu.

Acabara de ser posto bem próximo de nós outro disco de pizza e perguntei-lhe se gostaria que a servisse. Ela parecia tão fora de sintonia com o presente que a servir com uma fatia de pizza fora o único expediente que me ocorreu. Se fosse com qualquer uma das muitas mulheres em torno da mesa, soaria ridículo.

"Obrigada, muita gentileza sua, mas já comi meu pedaço." De fato, os talheres estavam pousados sobre os pratos, tal como minha mãe e minha avó ensinaram-me quando criança.

"Você comeu apenas um?"

"Ah, sim. Um é mais do que o suficiente", respondeu.

Ainda assim não dera conta de engolir as bordas que jaziam no meio do prato. "Eu também como pouco", foi o que pateticamente disse para não deixar o fio de nossa comunicação se romper. Na verdade, estava faminto, a pizza era muito boa. Mesmo assim, coloquei apenas um pedaço no meu prato e, ao contrário do que comumente faço – dobrá-lo na mão e levá-lo à boca –, parti delicadamente com a faca e o garfo.

Enquanto pensava na próxima frase, ela se dirigiu a mim, perguntando se não poderia chamar o garçom. Quase me levantei na mesma hora para agarrar o primeiro, mas, para minha sorte, havia um próximo.

"O senhor me sirva mais uma dose de vodca, por favor?", ela pediu.

Só então reparei no pequeno copo vazio à sua frente e enquanto o garçom anotava o pedido solicitei-lhe que também me trouxesse uma.

"Você também aprecia?"

"Claro", respondi, "é uma das minhas bebidas favoritas."

"Pena que eles só tenham a marca russa mais vulgar, tipo exportação. Mas quanto a isso não há nada o que fazer", ela disse, ajeitando o xale.

E foi assim que começamos. Eu fazendo-a acreditar ser a bebida nacional russa o néctar sem o qual não poderia viver – quando na verdade só gim me era mais intragável que vodca – e ela feliz por achar alguém com afinidade com destilados.

Ao cabo de duas horas de conversa, soube que ela dava aulas de balé para "umas meninas ricas", que havia morado um tempo na Rússia – onde pegara a distensão cujo termo resultou na dissolução da União Soviética – e que se dedicava a custo a redigir sua tese de mestrado sobre a história do balé no Brasil. Mostrei-me tão entusiasmado por balé quanto pela bebida preferida dela, conquanto o único balé cujo nome conseguia me lembrar era *O Lago dos Cisnes* – lembrar não significava tê-lo visto.

Se havia alguma emoção da parte dela naquela conversa? Até onde minhas antenas conseguiam detectar, nenhuma. As frases que aquela boquinha soprava – obrigando-me a curvar discretamente para não perder um único pronome e os termos congeniais à arte de dançar na ponta dos pés e rodopiar no ar – eram diligentemente emitidas, suaves e com sobriedade. Não havia um mísero tom de eloquência, nenhuma adiposidade, desidratadas como a figura de sua emissora, uma torre baixa e esguia, como se ela rezasse uma missa no meio do trânsito.

Houve mais uma vodca – para ambos – antes de ela comunicar que ia embora. Havia algo que eu podia fazer na esperança de revê-la? Não foi preciso me preocupar com isso, pois, tão logo ela deixou o dinheiro na mesa, anotou numa agenda de capa rosa, meu número de telefone.

4

Claro que não acreditei. Apenas um ato de cortesia, ainda que, a julgar pelos modos de "velha senhora" dela, quem deveria ter agido com tal solicitude era eu. Mas o telefone tocou uma semana depois e ela me convidou para tomar um chá. Tinha algum compromisso na hora e dia por ela sugeridos, mas aceitei no mesmo instante.

E agora estávamos numa casa de chá no meio da tarde tendo nossa primeira conversa... como posso dizer, mais franca. Dessa vez, ela usava um cardigã marrom sobre um vestido de saia rodada e sapatos de saltos altíssimos. Como descobriria mais tarde, manter a planta do pé no chão causava-lhe grande incômodo por causa dos esporões. O desconforto, contudo, era menor do que manter os joanetes apertados na ponta dos calçados.

Vamos ao resumo de nossa conversa, ou melhor, da entrevista que fiz com ela. Durante as quase três horas que passamos sentados na agradável confeitaria, a dolorosa bailarina tomou três analgésicos e, nas quatro vezes que se levantou para ir ao banheiro, levando junto uma bolsa de couro marrom muito em moda 30 anos antes, nada me tirava da cabeça, quando voltava a se sentar, que não se abastecera de vodca na cabine da toalete.

EU: "Como foi morar em São Petersburgo?"

ELA: "Um inferno. Nos primeiros dois anos, dividi um quarto com uma venezuelana, a Carmem, de uma família podre de rica, dona de poços de petróleo, e que se achava um pouquinho superior a Isadora Duncan. Naquela época, não havia escolha. Mesmo sendo bilionária, as meninas vindas do exterior tinham de morar juntas em conjugados do tamanho de uma caixa de sapatos, em prédios horrorosos nos arredores de Petersburgo, com nomes de dirigentes comunistas. O nosso era o Conjunto Zdanov. Ele mesmo, o sujeito que dirigia as artes no período estalinista. O sujeito que caçava qualquer manifestação artística que não enaltecesse fazendas agrícolas com camponeses explodindo de alegria ou fábricas onde todos viviam em permanente fraternidade. Mas com o balé, nunca mexeram. O balé não continha nada que os incomodasse. Era a manifestação do idílio em que havia se transformado o país miserável dos czares. Por isso investiam muito nas produções e formavam os melhores bailarinos do mundo. A filhinha de papai venezuelana conseguia comprar no mercado negro cigarros americanos, vinhos franceses e chocolate suíço. Ela se entupia de barras de chocolate, trancada no minúsculo banheiro para não partilhar comigo. Eu não pediria a ela, ainda que nossa dieta fosse à base de aveia como a dos cavalos, mas também porque 10 gramas a mais na cintura e o carrasco do coreógrafo tinha um ataque histérico. Carmem foi desligada do balé porque passou do peso e porque estava deprimida. Desistiu e foi morar na Europa. Aí, veio a Ariadne, uma ucraniana linda e seríssima. Fomos logo com a cara uma da outra. Moramos cinco anos juntas. Até que ela não aguentou. Tomávamos vodca toda noite, mas ela começou a tomar de dia também. Entrou numa depressão profunda, tentou se matar duas vezes cortando os pulsos. Eu a levava no meio daquelas noites pavorosas de menos 20 graus para uma clínica. Na Rússia, chamam hospício de clínica, mas não por eufemismo. Para eles, é como se fosse uma estância termal, um clube, um lugar comum. Ninguém se espanta se você vai pra lá. Ao contrário, ficam incrédulos se você nunca foi. As pessoas vão sozinhas, se internam por uns dias, são hidratadas, desintoxicadas e vão embora como se saíssem de um spa. Todos alcoólatras, todos depressivos, todos com pelo menos uma tentativa de suicídio no currículo. Houve uma superlotação de internações quando o governo racionou a venda de álcool no país, depois do fim do sovietismo. Então todo mundo começou a beber o que podia, desinfetante, detergente e perfume. Fora as bebidas clandestinas destiladas de qualquer coisa, até de papel. O governo teve que voltar atrás. Até hoje a Ariadne me liga. De vez em quando, no meio da madrugada, ela telefona e ficamos horas conversando. Quer dizer, ela fica horas chorando e dizendo que a vida não presta e que vai se matar de fato dessa vez. Eu tento acalmá-la. No dia seguinte, ela se interna e uma semana depois me telefona dizendo que está tudo bem. Fomos juntas quase até o fim e ela durante uns dois meses foi a favorita do coreógrafo. Mas aí se contundiu, rompeu um tendão e nunca mais voltou a calçar uma sapatilha. A duas semanas de sua estreia como solista. A Ariadne dizia que era maldição, que alguém na aldeia no fim do mundo, lá na Ucrânia, onde nascera, rogou uma praga. São muito religiosos e muito supersticiosos também. Ao lado do retrato do camarada Lênin, tem sempre um ícone e uma vela votiva. Quando a Ariadne deixou o corpo de baile, eu fiquei abaladíssima e veio morar comigo uma polonesa, a Jaga, uma mulher horrível, má, perniciosa, que trancava as pontas da sapatilha num cofre com medo de eu fazer sei lá o quê, colocar um prego nelas. Porque isso acontecia direto. Colocavam pregos nas pontas das sapatilhas antes dos testes para se escolher o elenco e a menina saía com o pé sangrando do palco. E ninguém era punido. Bem, aguentei mais um ano a polonesa e foi quando conheci o Iuri".

5

Eu estava descascando batatas na cozinha, quando um barulho ensurdecedor rompeu nosso bucólico refúgio rural.

Uma tempestade de guitarras e baixos distorcidos, e uma percussão que fazia pensar em um baterista em surto psicótico, seguido de uma voz estridente cujo volume podia ser ouvido até pelas plácidas vaquinhas na serra.

Francesca acabara de colocar no aparelho de som da sala um cd de heavy metal. Em poucos segundos, ela apareceu na porta da cozinha, sacudindo os braços como um pugilista peso pluma. Havia vestido um short vermelho cuja barra ia até o meio das coxas, uma camiseta de listas horizontais e tamancos. Mesmo no campo, não abria mão – no caso dela o pé – de calçados de salto. Os tamancos de solado de madeira com revestimento de corvina e tiras de couro também haviam fugido de algumas décadas do passado de volta para o presente.

Olhei para ela tão espantado quanto se visse um extraterrestre, não tanto pela indumentária – já me acostumara com o figurino de filmes tchecos dos anos 60, que ela tanto apreciava –, mas pela estúrdia massa sonora que preenchia cada alqueire da propriedade.

"Durante toda minha vida, ouvi frases de piano nos ensaios e milhares e milhares de horas de Tchaikovsky, Minkus, Delibes, Adam e Prokofiev. Ouvi não. Ainda ouço durante as aulas que dou. Quando ouço a primeira nota de *Giselle,* tenho vontade de dar um tiro na cabeça. Ah, meu *lyubov*, não se espante. Agora quanto mais a música não faz sentido, mais eu gosto. Ouço Iron Maiden e extirpo minha raiva e aqueles anos horrorosos em Petersburgo desaparecem enquanto a música toca. Isso sim é dançar."

Depois dessa explicação, continuou de modo canhestro a sacudir os punhos e os ombros enquanto o vocalista esganiçava na sala. Aproximando-se de mim, enfiou sua língua fina como uma piaba no meu ouvido e me puxou para a sala, onde se inclinou no sofá, abaixou o short e, sem tirar os tamancos, ordenou: "Vamos lá, paizinho. Me arrombe com seu grosso cajado de tília".

6

Minha etérea namoradinha com os pés virados para fora havia vivido um ardente caso de amor nas frias estepes russas com o tal de Iuri.

Continuando a entrevista, com a terceira xícara de chá de hibisco branco esfriando à minha frente.

EU: "Quem era Iuri?"

ELA (levando a mão às costas): "É dor o tempo todo, paizinho, como se cada centímetro dos meus ossos passasse o dia todo por um triturador. Vinte anos dançando. Uma pancadaria só. Já consultei 200 ortopedistas, milhares de horas de massagens com quiropodistas, mais de 100 osteopatas me examinaram, não sei quantas vezes fui espetada por acupunturistas, reumatologia, tomografia... Se emoldurassem e pendurassem minhas radiografias num museu de arte moderna eu desbancava até o Picasso. Eixo cervical, omoplatas, clavículas, úmero, sacro, patela, tíbia, ulna, carpo, tarso, fíbula... Conheço todos os ossos do meu corpo. Nunca um esqueleto como o meu foi tão fotografado e ninguém e nada consegue ao menos amenizar a intensidade da dor. Tomo o analgésico mais forte do mercado. Compro no contrabando os analgésicos ainda mais fortes vendidos lá fora. Ajuda um pouco. Principalmente com vodca. Não sou alcoólatra, mas os russos têm razão: há centenas de anos não existe nada como vodca para lidar com a dor".

EU: "E quanto ao Iuri?"

ELA: "Ah, é uma longa história, meu *lyubov*".

Sempre que ouço a expressão "uma longa história", penso numa história que não terminou, uma história cujos ecos ressoam bem altos ainda hoje.

EU: "Não tem problema se você não quiser me contar. É só curiosidade. Sua história me interessa muito. Você me interessa muito".

Bingo. Um coelho tirado da cartola dos velhos truques. Dificilmente uma mulher resiste à curiosidade a respeito de si mesma.

ELA: "Você me dá um minuto? Preciso ir à toalete. Acho que até minha bexiga é atrofiada".

Para falar do tal de Iuri, talvez precisasse se encorajar com mais uma dose.

ELA: "Bem, paizinho, Vamos lá".

EU: "Vamos".

ELA: "Iuri é o filho mais novo de Prates".

EU: "Sério? Do grande líder comunista? Do homem que liderou a grande marcha pelos sertões e selvas?"

ELA: "O próprio".

EU (mentindo e remoendo de inveja): "Puxa. Que coisa fantástica".

ELA: "Ele nasceu em Moscou e é só um pouco mais velho do que eu. É violinista".

EU: "Um violinista revolucionário, bolchevique".

Não deslize para o ressentimento, pensei comigo. Não seja sarcástico, a não ser que tenha desistido de conhecer as angulosidades e esquinas dessa beldade picassiana.

ELA: "Ah, *lyubov*. Gosto de você. Você é tão engraçado".

EU: "Desculpe. Estou só surpreso. Não há ninguém neste país que não conheça ou tenha ouvido falar no Timoneiro da Esperança".

ELA: "É. É verdade. Eu também fiquei surpresa ao saber que ele tocaria na temporada de *Coppélia* no Kirov. Eu já estava no fim da linha. Depois daquela peça, tinha resolvido voltar para o Brasil e fazer qualquer coisa, menos continuar a dançar. E olha que há dez anos quase interpretei a Swanilda, mas o júri, claro, optou por uma bruxinha russa. Estava de saco cheio, paizinho, mas meu papel não exigia muita coisa. Eu era uma daquelas ridículas bonequinhas espanholas. Bem, durante os ensaios conheci o Iuri. Havia sempre essa curiosidade de conhecer brasileiros por lá. Durante o regime soviético, a gente quase não tinha notícias do Brasil, embora nessa época já houvesse acontecido a abertura. Mas quando soube que ele era filho do Prates fui conhecê-lo".

(O que pode haver de mais revelador do que o silêncio? Já fizeram um filme sem imagem, várias pinturas sem traços e Cage compusera uma música sem som. Qualquer dia desses aparecerá um romance sem palavras. Ao interromper seu normalmente copioso falatório, Francesca entregou-me seu segredo: a história dela com Iuri Prates não fora apenas uma breve paixão, ou se fora, ainda faltavam alguns capítulos. Bem, ao menos foi isso o que pensei, enquanto com a boca seca dei um gole no chá frio de hibisco e esperei ela reengrenar.)

ELA: "Uma história longa, paizinho. Será que você quer mesmo que eu conte? Isso tudo ficou no passado".

EU: "Você anda é apaixonada por ele".

ELA: "Por são Nicolau, paizinho! Você tira conclusões muito precipitadas".

EU: "Mas a história ainda não acabou, não é?"

ELA: "Não. Quer dizer, sim. Não acabei de contá-la e não acho que devia contá-la. Não quero que isso erga um muro entre a gente. Vivi a maior parte da vida entre muros. Ou, se você preferir, atrás da cortina de ferro. Do cubículo do Zdanov para a escola. Da escola para o cubículo Zdanov. Tínhamos apenas os domingos, isso quando não estávamos em temporada, o que significa a única época em que os ventos congelantes de Petersburgo não te serram os ossos. Então, passávamos os domingos enchendo a cara, sempre com os mesmos colegas. Bailarinos e bailarinas trepando nos divãs. Se alguém quiser escrever uma ópera sobre os bastidores do balé mais prestigioso do mundo, vai ter que chamá-la de o Quebra-Nozes da Suruba. Vodca e sexo. E muito cigarro. Comecei a usar bombinha lá. Com aquele clima e o fumacê de centenas de cigarros fedidos em cômodos fechados, o que você queria? Nunca fumei, mas meu pulmão é mais escuro do que o de Humphrey Bogart".

EU: "E então apareceu o filho do Timoneiro da Esperança".

ELA: "Pare de ser sarcástico".

EU: "Mas você não voltou como pretendia. Ficou mais um ano lá".

(Desse jeito você vai perdê-la. Exibindo todo esse ciúme idiota, você não vai nem tocar nos pés deformados desse cisne.)

ELA: "Da. Nos apaixonamos. Eu me apaixonei. Fiquei louca por ele. Parecia aquela personagem do Leskov ou a Anna

Kariênina, como você preferir. Mas o que você queria? Além do pedigree, ele falava português, embora tenha nascido em Moscou. Tinha privilégios ainda por cima e eu vomitava só de pensar no café da manhã com aveia e mel, o almoço com borscht e os dois blinis com carne magra na hora do jantar. E, de repente, me vejo dormindo numa cama de dossel que pertencera ao mordomo-real de Nicolau II! Um palacete em Moscou, pois foi pra lá que me mudei com Iuri. Ele tinha todos os privilégios de um membro do politburo, graças à filiação, e não abria mão de desfrutá-los, principalmente com suas concubinas. Que alemãozinho sujo ele era! É, até hoje a pior coisa que um russo pode dizer para aviltar uma pessoa é chamá-la de alemão. Mas eu ainda não sabia. E, logo que terminou a temporada no Kirov, ele me convidou para sua datcha no Cáucaso. Uma casa linda, branca, cheia de candelabros, cristais e uma dispensa com os melhores vinhos europeus e dois empregados lituanos prestimosos. Depois de todo um longo e tenebroso período debilitante, eu me sentia a própria princesa Anastácia. Uma vida nababesca, com ele fazendo tudo o que eu queria, embora eu mal soubesse o que queria e fizesse só o que ele queria".

(Outra pausa. Mas dessa vez fiquei calado. Mais uma ida ao banheiro? Não. Apenas um estreitamento do par de olhinhos aureolados por um delineador de tom caramelizado. Abriu a bolsa e eu temi que a garrafinha de vodca viesse à tona, mas o que ela tirou de lá foi um fino lenço estampado para enxugar os olhos – cambraia, seda? Não sei, mas seguramente algo tão antigo quanto a dinastia dos Romanov.)

Lembrava essa nossa conversa enquanto ia e vinha com as mãos cheirando a alho e limão penetrando minha delicada borboleta posicionada de costas para mim sobre o sofá de couro cheio de rasgos expelindo estopas amarelas. "Que cajado grosso e quente você tem, paizinho. Judia de mim, judia mais de mim. Não tenha pena, não tenha pena." Ignoro se eram o tratamento tipicamente russo de "paizinho" ou as lembranças de sua desventura amorosa com Iuri Prates ou ambas as coisas, que me impediam de chegar ao clímax. Talvez fosse o excesso de ordens e apelos. Sei que ela gozou, mugindo como se fosse uma bezerrinha desgarrada das simpáticas vacas que pastavam indiferentes do outro lado da janela, e caiu desacordada. Eu me esvaziei sozinho e voltei para a cozinha a fim de preparar nosso almoço.

7

ELA: "Qualquer mulher, por mais tola que fosse, desconfiaria. Mas eu era a mais idiota de todas. O deslumbramento era apenas mais uma atrofia na minha vida. Nadando nua naquela piscina revestida de azulejos portugueses e bordas de mármore italiano com o índigo Cáspio cintilando lá embaixo, eu me sentia como a imperatriz Sissy, um dos poucos filmes americanos que, quando cheguei à União Soviética, era permitido ver. Durou três dias. Só eu e ele, e os dois empregados tão servis quanto mujiques. Nada de fábricas, onde éramos obrigadas a dançar, nem de fazendas onde nos exibiam para educar o povo. Nada daquela vulgaridade e daqueles russos bêbados com expressões lúbricas que a gente lê em Dostoiévski. Nada disso. Éramos como um casal de aristocratas libertinos. Puro hedonismo. Até as dores, que na época já me prostravam, desapareceram naquele fim de semana ensolarado e quente no início da primavera. Voltamos para Moscou de avião, mas não num daqueles cacarecos da Aeroflot, cuja fuselagem parecia um queijo suíço e as poltronas cheiravam a couro podre. Voamos num jatinho pequeno reservado às autoridades mais eminentes do regime. Um sonho, que, como todo sonho, durou pouco. Chegando ao apartamento, que era quase do tamanho de todo o pavilhão no prédio pavoroso onde morei, ainda tivemos 24 horas de luxo. Cristais Baccarat e aparelhos de jantar de Sèvres. Tábuas de queijos holandeses e franceses; chocolates suíços e belgas – ah, como me senti vingada daquela vagabunda venezuelana trancada no banheiro. Champanhe. Juro, durante aquela semana esqueci completamente da vodca. Odiei vodca. Prometi nunca mais tomar essa porcaria de novo. Então, ele disse que tinha de viajar com a orquestra. Iriam se apresentar na Estônia ou em algum outro buraco do gênero. Bulgária talvez. Não importa. Deixou-me lá, fazendo as promessas de um príncipe. Fiquei triste, mas tinha todo aquele luxo para desfrutar, de modo que não fiquei deprimida. Pensei em ligar para Ariadne e convidá-la a passar uns dias comigo. Mas quando peguei a agenda de telefone, refleti que poderia colocar a vida dele em risco convidando uma 'artista do povo'. Além disso, numa de suas bebedeiras, podia dar com a língua nos dentes e denunciar todo aquele fausto, e desisti. No dia seguinte, o secretário dele, um boneco

COM A CORDA NO PESCOÇO 61

bolchevique, veio falar comigo logo que me levantei e fui até a sala. 'O camarada Iuri pediu que eu a conduzisse de volta à sua casa', ele disse com a voz neutra de robô. 'Como assim? O que aconteceu com ele?', perguntei completamente incrédula. Ele não disse nada, apenas tirou um papel dobrado do bolso e me estendeu. Era uma carta breve, na qual Iuri dizia que para nossa segurança era conveniente que eu fosse embora. Dizia que me amava e que as coisas se resolveriam tão logo ele voltasse de viagem. Que eu não me preocupasse; apenas que tivesse paciência. Em seguida, o secretário me entregou um envelope com mil rublos. Era uma grana e tanto na época. Mas não se tratava de política. Gorbachev era o presidente. As ruas estavam se colorindo, as pessoas se manifestavam. Ninguém era mais perseguido só por não se curvar diante da estátua de Lênin. Ao contrário, aquelas estátuas monstruosas estavam sendo derrubadas nos quatro cantos do antigo império soviético. O dinheiro era porque Iuri sabia que eu não podia voltar para meu apartamento no Kirov. Eu simplesmente dera uma banana para eles e ninguém me aceitaria de volta. Podia ir para a casa da Ariadne. Mas seria uma espécie de volta ao inferno com aquela montanha-russa de euforia e depressão embalada por hectolitros de vodca. Sem saber o que pensar, sabendo apenas que tinha de dar o fora dali o mais rápido possível, joguei minhas coisas na mala e fui pra rua. Andei um tempão com a cabeça girando no próprio eixo, completamente desorientada. Mas já estava esfriando e anoitecendo. Então entrei num mercadinho, comprei um litro de vodca, ah, meu São Nicolau, e me hospedei num hotel barato, o primeiro que achei. Mas como não pensara nisso antes? Depois de dois copos, peguei um papel e anotei o endereço do hotel e o número de telefone. Desci, peguei um táxi e bati a campainha do palacete. Minha ideia era deixar meu endereço provisório, porque de outro modo como ele me acharia, e eu não fazia a menor ideia de onde ele estava? Só que o tal secretário, e ninguém mais, atendeu. Então coloquei o papel debaixo da porta e voltei para o hotel. E três dias depois, os piores da minha vida, e olha que eu já era uma campeã olímpica em termos de jornadas terríveis, três dias em que consumi quatro litros de vodca sem sair do quarto, me alimentando só de arenque seco, recebi um telefonema. Tive de descer até a recepção porque não havia telefone no quarto. Atendi e reconheci a voz metálica daquele idiota do secretário, dizendo que o 'camarada Iuri' queria me ver, e que eu estivesse na porta do hotel às 9 horas do dia seguinte".

8

Francesca comia como um passarinho e bebia como um camelo às avessas, incapaz de passar não 120 dias sem engolir uma gota na boca, mas nem ao menos três horas de abstinência de álcool.

Quando despertara nua, apenas com os tamancões nos pés deformados, a mesa de pinho da sala já estava posta. Sobre uma toalha de plástico florida fumegavam numa travessa de alumínio o lombo assado e ao lado, dentro de um prato de sopa, rodelas de batatas cozidas. Dois pratos, talheres sobre guardanapos de papel e uma garrafa de limonada – com as frutas diligentemente colhidas por mim no acanhado pomar do sítio – completavam o cenário prandial. Tudo simples e campestre. O sol dourando a serra e as vaquinhas insaciáveis, imóveis desde o momento em que chegamos, ruminando sua papa de capim.

"Ah, meu *lyubov*, que mesa linda...", ela disse e, tal como veio ao mundo, parecendo antes a adolescente do corpo de baile do Kirov do que uma mulher de mais de 30 anos obliterada pela dor, equilibrando-se como um flamingo sobre as plataformas dos calçados, sentou-se à mesa. Pouco acima do seu prato, os seios de ameixa com os mamilos duros se ofertavam a mim como uma sobremesa suculenta. Porque, conquanto atingir o orgasmo dentro dela ainda era um desafio a ser cumprido, eu a desejava.

"Vou pegar a vodca, paizinho."

"Mas a garrafa está vazia."

"Ah, seu *durochka*, você acha que eu só trouxe uma?"

E, desfilando em direção ao quarto com as escápulas salientes e as costas nodosas, foi até lá e voltou com uma garrafa, a qual abriu com uma habilidade espantosa, para quem as mãos padeciam de artrose. Bem, pensei, mas essa deve ser a garrafa número 30 mil que ela abre. Buscou o copinho na cozinha, encheu-o, ensaiou encher o meu – o que recusei – e num trago o esvaziou. A custo, comeu uma rodela de batata e um pedaço do lombo, enquanto eu hesitava se me serviria uma terceira vez.

"Ah, que tal se déssemos uma caminhada? Vamos ver aquelas lindas *koshechki* de perto."

Acenei com a cabeça pensando, após ter aprendido como dizer vaquinhas em russo, se ela galgaria a íngreme encosta pelada, apenas com seus grandes tamancos, meio litro de álcool na cabeça e a garrafa na mão.

9

ELA: "Era um carro enorme. Não sei de qual marca, não conheço nem me interesso por carros, só sei que não era um daqueles pavorosos e poluidores automóveis russos. Parou na porta do hotel e dele saiu o troglodita – o tal secretário que com toda certeza fora algum soldado bem treinado da KGB. Abriu a porta de trás pra mim. 'Onde ele está?', perguntei ao notar que eu era a única passageira a bordo, mas o robô nada disse. Arrancou o carrão e atravessamos Moscou até sair da cidade e chegar, por uma estradinha de tílias, a uma cabana de caça. Eles adoram caçar, os russos. Todo russo metido a rico tem um tapete de pele de urso no chão da sala. Beber e caçar, essa é a ideia de diversão deles. Lembra do Ieltsin? Bebia até minutos antes de falar na ONU. E o Putin? Costuma atirar com uma carabina em ursos e cervos da janela de um trem".

(E você, minha pluma, você e sua lânguida leveza, também não gosta de tomar sua "aguinha" e se deixar caçar por cossacos? Mas não disse nada, esperando que ela retomasse enquanto bebericava seu chá – àquela altura não me surpreenderia se metade daquele líquido pardacento contivesse vodca.)

ELA: "Desci do carro e ele já estava à minha espera na porta da cabana. Vestia uma pelerine e um gorro na cabeça, embora não estivesse muito frio para os padrões locais. Calçava botas também. Recebeu-me com um sorriso, mas eu estava muito atarantada com tudo o que havia acontecido e me atirei chorando nos braços dele. Entramos e ele me serviu um cálice de vinho doce italiano. Só depois de me acalmar um pouco foi que reparei na cabana. Havia cabeças de veados e cervos, chifres e, claro, duas imensas peles de urso, daquelas com a cabeça, nas paredes e no chão. Numa outra parede, atrás de uma moldura de vidro, não sei quantos rifles, espingardas, essas coisas. Juro não haver passado pela minha cabeça que um homem como ele, um violinista sensível, filho da maior figura histórica da esquerda brasileira, pudesse gostar de caça. Bem, já que você quer saber de tudo, então vou contar. Tirei a roupa na mesma hora e fizemos amor sob o olhar daqueles animais selvagens. Depois comemos alguma coisa e ele me convidou para caçar narcejas. Eu nem sabia o que era narceja – soavam-me vagamente como umas aves que Tolstói cita nos seus livros. Mas lá fui. Eu, que deteto caça, odeio que matem animais, que àquela altura odiava tudo o que se referisse à Rússia, que associava a bárbaros. Fui. Passamos a tarde chapinhando num pântano e ele abateu uns três daqueles inocentes bichinhos. A paixão é mesmo cega, *lyubov*. É o lugar-comum mais ordinário que existe, mas é verdade. À noite, com nossas taças cheias de um Bordeaux maravilhoso com a mesa posta com as pobres narcejas assadas por uma cozinheira tão estúpida quanto um personagem de Gógol, ficamos na sala ouvindo rock com a lareira acesa. Iuri também não aguentava mais os clássicos. Ficamos ouvindo rock e bebendo, até que ele abaixou o volume e sentando-se à minha frente disse que era casado. Horrível, horrível, paizinho. Mas não tão horrível quanto o que ele disse depois, que amava a mulher e que o que se passara entre nós dois não podia continuar, pois ele deixaria a Rússia e se mudaria para a França. Em vez de pegar uma daquelas carabinas, meter uma bala na cabeça dele e depois espetá-la ao lado da cabeça do cervo, sabe o que eu fiz? Me ajoelhei e supliquei que ele não me deixasse, que eu também iria para Paris e me viraria lá de qualquer jeito, que não importunaria seu casamento, queria ser apenas sua amante, bastava que uma vez por semana ele me visitasse e fizesse amor comigo. Não pedia nada em troca. Eu sei, me ofereci como uma escrava sexual. Nem uma prostituta por mais barata que seja teria um comportamento assim. Por que não quebrei ao menos uma garrafa daquele vinho caro na cabeça dele? Por que não atirei a taça de cristal tcheco na parede? Não é o que todas fazem? Não é o que se espera de toda mulher enganada? Um surto? Não. Me comportei como a penitente em busca da expiação! Como se a culpada fosse eu. 'Me crucifique, me crucifique, mas não me abandone!' Cheguei a gritar isso, você acredita?"

10

Os receios consternadores de vê-la escalando a encosta despida felizmente foram eliminados quando ela saiu do quarto e veio ao meu encontro na porta da casa a bordo de um vestido leve estampado de flores com a bainha abaixo dos joelhos – é verdade que sem nada por baixo, o que não só evitaria torcicolos em alguém que porventura cruzássemos no caminho como era muito excitante do meu ponto de vista, que seguiria atrás dela. Quanto aos pés? Bem, nesse quesito era frustrante e o melhor era nem olhar para eles. Calçara uma horrenda sandália de borracha coral com salto de mais de 5 centímetros. Há quanto tempo, me perguntei, ela não pisava no chão como todo mundo? As poucas vezes em que a vi descalça de pé, seu calcanhar estava sempre suspenso, como se pronto a levitar num *jeté*. Levava, claro, uma bolsinha cruzada sobre o tronco com uma garrafinha de vodca, e de onde, a cada dez passos, retirava a bombinha para asma e a aspirava. Quando fazia isso, erguendo a cabeça e curvando-se para trás, eu temia que sua delicada estrutura óssea rolasse serra abaixo, se espatifasse como gesso e eu pavorosamente me visse recolhendo como um paleontólogo fragmentos de fêmures e tíbias pelo caminho. Mas Francesca – mesmo com a vodca circulando no lugar das hemácias – tinha um equilíbrio perfeito. Afinal ela praticamente nascera na ponta dos pés

"Tudo isso não é lindo, meu *lyubov*? Toda essa natureza. Tudo tão simples, e tão oposto à confusão em que nos metemos lá embaixo?"

Com base na sua biografia – ainda que supondo haver muitas omissões nela –, toda a sua experiência junto à "linda" natureza resumira-se à caçada de narcejas num pântano frio nas tundras. Tudo bem que os urbanitas costumem se deslumbrar com o *landscape*, mas bastam alguns minutos desviando de bosta de vaca, panelas de formigas vorazes e feixes de espinhos para logo sonharem voltar às calçadas e ao asfalto. Para não falar do sol baixo e causticante e das investidas camicase de marimbondos. E que garantia havia que a "confusão lá embaixo" também não poderia subir a montanha com sua gama de aturdimentos e anseios? Quanto a mim, sentia impossível relaxar caminhando a poucos passos de vacas e bois. Quem me assegurava que a qualquer instante a aparente tranquilidade daqueles imensos animais ruminantes não cederia a um ataque de fúria contra a inconveniência da visita de dois bípedes falantes?

11

EU: "E como ele reagiu?"

ELA (depois de borrifar três vezes a bombinha e colocá-la de volta na bolsa): "Ah, paizinho. Que história triste. Deixei-me iludir por uma semana. Paparicada como a favorita do czar, julguei ter sido eleita por Deus com intercessão de São Nicolau depois de sofrer como a Jó dos palcos durante anos moendo meus músculos e ossos. Tenho vergonha de dizer, mas não posso esconder nada de você porque não quero perdê-lo. Porque finalmente encontrei um homem que parece não ter pulado de uma página de *Crime e Castigo*".

Francesca amava a literatura russa. Amava-a com ódio, como ela mesma dizia, parafraseando Dostoiévski. Disse que, não fosse pelos nervos que pinçavam toda vez que se punha à frente do teclado do computador para escrever uma única frase, traduziria *O Eterno Marido*.

ELA: "Fiódor (tal era sua intimidade com o autor que se referia a ele pelo prenome) escreveu essa obra para mim. Numa outra encarnação, fui o esposo que procurava amantes debaixo da cama".

EU: "Mas nesse caso, quem estava sob a cama era você".

ELA (reabrindo a ferida vermelha que ocupava o lugar do sorriso): "Ah, paizinho. Ele segurava um espeto junto ao fogo da lareira e confessou que embora amasse a esposa não conseguia mais fazer amor com ela. Estavam casados havia dez anos e não conseguiam ter filhos e o que mais queriam era ter filhos. Então se via forçado a fazer amor com ela. Se você acha que Gógol é confuso, é porque nunca viveu na Rússia. É isso mesmo, ele a amava, mas não sentia mais desejo por ela, sobretudo depois de decidirem ter um bebê. E então tinha de fazer um grande esforço para ir pra cama com a mulher. Por isso tinha amantes. As amantes alimentavam sua imaginação quando se deitava para a obrigação conjugal. Não há nada de anormal nisso. A gente pensa estar trepando com outra pessoa. Isso pode ser excitante. Mas ter amantes para alimentar o amor pela esposa é que não me parecia normal".

EU: "E mesmo assim você suplicou?"

ELA: "Ele foi honesto comigo. E me disse que..."

EU: "Quê?"

ELA: "Não devia falar uma coisa dessas a um homem como você. Você deve estar pensando as piores coisas a meu respeito. Além disso, detesto o passado, quero esquecê-lo. Com você, tenho certeza de que posso esquecer. Então para que revolver essa lama?"

EU: "Eu não sou um coreógrafo cujo único prazer é ver sangrar os pés das bailarinas. Tampouco um sádico ou um inquisidor torturando você para confessar 'suas piores coisas'. Mas se você quiser parar por aqui, não tem problema".

ELA: "Ah, queridinho... Você é tão diferente de todos os que conheci! Já perdi tanta coisa. Não quero perder você. Não vou perder você. Vou contar, vou contar tudo. Mas antes vou à toalete".

EU: "Não esqueça a bolsa".

(O ferimento na boquinha abriu – um botão vermelho resistindo em abrir as pétalas – e ela se encaminhou para o fundo do salão; com a bolsa, claro.)

12

ELA: "Eu tentava me consolar esvaziando um pote inteiro de caviar beluga. Tudo o que não comi em dez anos, devorei naquele fim de semana na isbá cinco estrelas no meio da tundra. Perguntava sobre suas amantes, quantas ele tinha, se ele mantinha várias alternadamente, se sua mulher nunca soubera ou ao menos não desconfiava. Por que não podemos simplesmente esquecer o passado? Que necessidade eu tinha de saber de tudo isso? Ele me respondeu que ela sabia que ele tinha amantes, mas não se importava desde que não se apaixonasse por elas. Que mulher diz isso ao marido? Bem, agora você conhece uma. Ela era russa. Uma ruiva linda. As russas ruivas são as mulheres mais lindas do mundo. Embora o descrédito do regime estivesse descendo ladeira abaixo, ainda se acreditava nos ideais da revolução. Aproximara-se dele por ser filho do Timoneiro da Esperança. Se apaixonaram e se casaram. Parece que todas que o conheciam se apaixonavam por ele. O que ele tinha de especial? Não sei responder. Não eram apenas os privilégios e a filiação. Isso muitos outros tinham. Nem a beleza. Era belo, mas havia homens muito mais belos do que ele. Charme? Sim, mas nada excessivo. Culturalmente chegava ser até um pouco decepcionante. E era um músico medíocre para os padrões russos. Mas quando a gente se encontrava, era como se um alarme interno fosse desligado e você ficasse inteiramente vulnerável. Estou indo longe demais, não estou?"

EU: "Nem um pouco. Até eu estou começando a me apaixonar por ele".

ELA: "Hi, hi, você é meu *lyubov*".

EU: "Foi com eles para Paris?"

ELA: "*Ne*. Ela desistiu de sair da Rússia e ele aceitou ficar".

EU: "Então ela devia ser tão apaixonante quanto ele".

ELA: "Não sei. Havia um vínculo entre os dois irrompível. Sobre a natureza desse vínculo, jamais consegui descobrir algo. A única coisa que tinha certeza era não poder ficar longe dele. De todo modo, naquela noite na isbá, eu o havia feito prometer que seria sua amante, sua mujique, sem me importar quantas amantes ele pudesse ter. Isso não era doentio? Claro que era. Mas eu estava louca. Louca por ele e faria qualquer coisa para tê-lo. E nós nos dávamos muito bem na cama.

Trepamos por longas horas naquela noite. E, durante um ano, nos víamos a cada 15 dias. Eu me tonara mais uma odalisca no seu harém. Mais uma bonequinha figurando igual às outras no fundo do palco. Torcendo e rezando para ser chamada ao centro e eternizar um *pendant*."

13

Deslocados como dois turistas em Marte, tendo finalmente alcançado o topo da colina e até agora incólumes aos humores bovinos, Francesca tirou uma canga vermelha da bolsa, dois cálices, a garrafinha de vodca, estendeu o pano e nos sentamos para admirar a vista infinita de outras montanhas deitadas como elefantes sob o sol árdego. Após mais três aspiradas no aerossol bronco-dilatador, colocou-se a encher os copinhos e eu pensei: "Não é nada fácil se livrar de um remorso. Talvez nunca se consiga, assim como desligar-se de uma paixão". Compreendi que a vida de Francesca não coincidia perfeitamente com o presente. Ela estava tão amarrada ao passado quanto às saias rodadas de seu guarda-roupa, aos tamancos de saltos altos de madeira e às noites geladas de Moscou.

ELA: "Não é lindo daqui, paizinho?"

EU: "Prefiro o mar".

ELA: "O mar? Por quê?"

EU: "Porque parece oferecer menos obstáculos".

ELA: "Mas o triunfo não é maior quando se ultrapassam obstáculos mais difíceis?"

EU (olhando os pés dela): "Não sei. É?"

ELA: "A gente tem que tentar, paizinho. Não é o que todos dizem? Tentar, tentar, tentar..."

E, depois de esvaziar o copo e deitar a cabeça no meu colo, disse com sua voz de passarinho: "Tentar, tentar, ainda que seja na ponta dos pés".

Se não fosse a lua

1

Estamos na idade das aventuras e dos jogos, na qual riscos e consequências sequer são considerados, talvez porque os dois não sejam mais tão jovens a ponto de temê-los por timidez e tampouco maduros o bastante para evitá-los por prudência. Maria tem 27, e Paulo 33. Neste momento ambos estão a 10 mil metros de altitude, mas cada um em um voo separado. Daqui a poucas horas irão se encontrar numa cidade à beira-mar. É noite. Maria está sentada junto à janela. Nas duas poltronas ao seu lado, há um casal mais ou menos da sua idade. Desde a sala de embarque, ela os vem observando. Reparou nas alianças, grossas e de prata, com o brilho fulgente. Acabaram de se casar, ela deduziu, não apenas por esse símbolo, cuja eloquência fala por si mesma, como pelo modo como se comportam: protegidos do mundo, imersos na cápsula da paixão. Sorriem, beijam-se, brincam, acariciam-se, deleitados no narcisismo do início de seu amor. Ambos não param de sussurrar no ouvido um do outro durante a viagem. E Maria pensa em Santiago.

No outro voo, Paulo está sentado na poltrona do corredor. O assento ao lado está vazio. À janela, cuja persiana de plástico está fechada, há uma mulher jovem – que ele julgava ter menos de 30 anos. Quando o avião chegou à cabeceira da pista e acionou os motores, ela fechou os olhos, cruzou as mãos e nervosamente contraiu os lábios. Dez minutos depois, chamou a comissária e pediu três travesseiros. A comissária trouxe, ela os empilhou sobre o colo e enterrou a cabeça neles. A jovem, Paulo conclui, é fóbica. Tem pavor de viajar de avião. Cada minuto para ela é um terrível suplício. Pensa em lhe dizer algo, mas não tem a menor ideia de como abordá-la. Talvez conversando, conseguisse relaxar. Mas desiste. Está ansioso pelo encontro de logo mais e não consegue se livrar da imagem de Maria nua.

2

Haviam combinado a viagem quase sem se conhecerem.

Há três meses, Paulo mandou um e-mail para três conhecidas – ela fora incluída porque, mesmo tendo se visto umas duas vezes, a desejara fortemente –, propondo passarem uma semana numa praia isolada onde havia apenas duas pousadas, cerca de quatro horas de viagem de ônibus, mais duas de barco, desde o aeroporto para onde os dois rumam agora. Todas as três responderam sim. Não porque Paulo fosse um objeto cobiçado. Não, eles eram apenas amigos e ele não lhes despertava nenhum desejo. Como os quatro se achavam na fronteira que separa a imaturidade da maturidade, pensaram na aventura como uma despedida. Uma celebração transgressora. Mas, ainda nos primeiros 30 dias após o convite, uma delas desistiu. Em seguida, a outra também. Maria pensou em acompanhá-las, mas resolveu ir. Comprou a passagem e agora está a meia hora de aterrissar.

3

Com as luzes da cabine apagadas, o casal enamorado se aquietou. Ela encostou a cabeça no peito dele, que colocou sua mão sobre os cabelos dela. Estão de olhos fechados. Mas o avião não está quieto. Na poltrona à frente dela, uma criança despertou de seu sono. Maria não havia nem reparado que havia uma criança ali. Despertou de seu sono e começou a se mexer, a se levantar e se apoiar na poltrona, esticando os bracinhos e fazendo caretas para ela.

Maria pensa em Santiago, seu namorado, com quem morava havia um ano. Ela pensa em como pôde tê-lo deixado para encontrar-se com outro homem, um homem que ela mal conhece e muito menos a atrai. Em parte, isso se explica porque eles brigaram. O motivo da briga é que Santiago queria ter um filho com ela. Isso a apavorou. E, para se defender do pavor, sentiu raiva do namorado. Não que não gostasse de crianças. Quem é capaz de não amar uma criança? Nada há mais belo e puro do que a infância! Não seria surpreendente se o casal vizinho já não tomasse cautelas para evitar um filho. Pelo contrário, é bem possível que no interior da jovem esposa uma semente esteja germinando. Mas mal eles resolvem morar juntos e ele pensa em um filho? Sim. Mesmo que seu relacionamento só tenha dois anos, Santiago deseja ter um filho de Maria. Isso a enervou. "Então eu não sou o bastante?", Maria perguntou. "Não bastamos eu e você?" "Nada disso", Santiago respondeu, "é porque te amo que desejo um filho seu." Foi nesse dia, há pouco mais de dois meses, que ela comprou as passagens. Mentiu dizendo que viajaria com duas amigas e as preveniu caso Santiago resolvesse investigar.

Mas atenção, Maria gosta de Santiago. Talvez até o ame. Mas não quer se sujeitar ao egoísmo dele, o de ter um filho agora. Era por observar o casal desde o aeroporto até o avião que pensava em Santiago com tristeza e remorso. Todavia, quando o menino desviou sua atenção com suas gracinhas – nas quais ela não achava a menor graça –, ela parou de pensar em Santiago. Para não encarar a criança, que não parava de querer atraí-la para seu egoísmo (que estranho paralelo com o egoísmo de Santiago!), encostou a cabeça na janelinha.

Não vê nada lá fora, só escuridão. Uma ou outra estrela muito miúda. Poucos minutos mais tarde, no entanto (o menino está chorando, mas ninguém a bordo parece se incomodar, senão ela), a Lua surge no seu campo de visão. Está cheia e parece sorrir para ela. Pode soar como um chavão, Maria sabe disso, mas não consegue evitar: "A Lua apareceu para me lançar um sorriso".

4

O avião de Paulo estava a 15 minutos do seu destino quando entrou numa zona de turbulência.

Ele observa comovido sua vizinha murmurar algo como uma prece entremeada de um choro, um uivo gemido e lento. De fato, a cabine trepida bastante e ele próprio fica tenso. Aperta o botão para chamar a comissária, mas ela e os outros estão amarrados em seus assentos. A aeronave sacoleja mais forte e a jovem fóbica rompe num choro alto. Paulo aperta novamente o botão e finalmente aparece a comissária, equilibrando-se com as mãos apoiadas no alto dos encostos das poltronas. "Senhora, senhora, é apenas uma turbulência, procure ficar calma", diz a comissária. Isso causa um efeito contrário ao pretendido e a jovem parece a um passo da histeria. "Traga um cobertor para ela", diz Paulo. A comissária olha para a passageira e pergunta se ela quer um cobertor, mas não consegue decifrar se a cabeça dela, que não para de balançar, quer dizer sim ou não. "Traga, por favor, um cobertor", repete Paulo e, diante da sua hesitação, mente e diz ser médico. A comissária se afasta e volta com um cobertor.

Paulo diz a ela: "Se cubra".

Lembrou-se do cobertor porque, quando era criança e sentia medo, sua mãe o cobria com um cobertor, garantindo-lhe assim que estaria protegido. Foi uma lembrança espontânea, pois isso acontecera quando ele tinha cinco anos. E aquilo, com efeito, o acalmava. Como parece ter acalmado ao menos um pouco sua vizinha.

Finalmente o avião toca a pista e começa a taxiar no pequeno aeroporto. Uma onda de aplausos e urras antecede risos e piadinhas ao longo das fileiras de passageiros. "Obrigada, moço", diz a jovem a seu lado. Seu rosto está vermelho, os traços verticais na testa ainda não se desfizeram e seus olhos inchados refluem de alívio. "Esses aviões nunca caem" foi a única e idiota resposta que ele deu. Há duas semanas, um jato muito mais moderno do que este caiu dez minutos depois de decolar com mais de 200 pessoas a bordo. Todo mundo está com pressa de sair o mais rápido possível da cabine, como se agora, parado, com os motores desligados, o Boeing ainda oferecesse risco. Paulo espera até o último passageiro sair e pergunta à moça se ela não quer que ele a acompanhe até a porta. Ela lhe dá a mão e os dois deixam o avião e descem a escada juntos. Na sala do desembarque, ela novamente agradece e os dois se separam.

5

A Lua sorrira por pouco tempo para Maria.

Seu voo saiu uma hora depois do de Paulo e acaba de ingressar na zona de turbulência, cuja ferocidade se tornou muito maior e o comandante anuncia que terão de pousar em outro aeroporto porque o de destino está sem teto. Uma onda de reclamações e imprecações se espalha pelas fileiras e contagia o menino à frente, que começa a berrar incansavelmente. Os únicos a bordo que não lamentam o desvio de rota e o consequente atraso são o casal ao seu lado. "Meu amor", ela ouve o marido dizer à esposa, "no aeroporto podemos tomar um vinho."

Um dia antes da viagem, Maria comprara uma garrafa de vinho para beber com Santiago. Ela queria com isso dizer-lhe que era apenas uma viagem com as amigas, mas não se tratava de um artifício para ludibriá-lo. Ela o fez porque se sentiu culpada e compadecida pelo namorado. Ele agira com a melhor das intenções ao revelar querer ter um filho para selar o amor entre os dois, e ela, vocês já sabem, reagiu com ira descontrolada. Eles beberam e antes da segunda taça fizeram amor. Como desde o clamor dele pela gravidez seu ardor esfriara, Maria quis se despedir dele com uma noite de sexo. Ele conhece cada ponto sensível e excitável dela, por isso o sexo é tão bom com ele. Mas mesmo ontem – depois do apelo transaram poucas vezes sem grande entusiasmo por parte dela –, ela não se entregou inteiramente, como sempre fazia. Era como se algo nele transmitido à cabeça de seu pau duro, o qual ela adorava como uma bacante adora um falo de ouro –, a violasse como um intruso, ou melhor, um usurpador. Ou ainda, como um punguista que furtivamente a invadisse não para roubar-lhe algo, mas para entregar algo indesejável. Ela não gozou, mas simulou gozar poucos minutos após eles começarem. Mas ele a conhecia bem e não se convenceu. Tampouco disse algo. Após esvaziar-se nela, levantou-se e foi ao banheiro. Ao voltar, deitou-se na cama e ambos fingiram dormir.

Os passageiros desceram e foram para a sala de embarque do aeroporto. O casal, ela não consegue desviar a atenção deles, sentou num bar e agora brinda, sorrindo com suas taças de vinho. A única coisa que a alivia é que não ouve mais o choro, o berro e a voz estridente da criança. Ela acaba de decidir que vai pedir para trocar de assento quando o avião decolar de novo. Antes, digita uma mensagem para Paulo.

6

Ao chegar ao hotel, um velho hotel mantido de pé pela fama de quem antigamente se hospedara nele, um escritor regionalista, Paulo tomara um banho e já se vestira para se encaminhar ao bar na praça em frente – esse bar também exalava o ar de uma pele nostálgica e se tornara uma atração turística por causa das obras do escritor que o tinham como cenário –, quando, ao pegar seu celular, leu a mensagem de Maria.

Fica chateado porque ela não sabe quando o avião poderá decolar novamente. Certamente, o atraso se estenderá por algumas horas e já são quase nove. Por outro lado, fica contente por seu voo ter conseguido pousar, pois, caso ele se desviasse, a jovem fóbica entraria em colapso, e Paulo, desde que se lembrara do cobertor e o pedira à comissária de bordo, sente-se ligado àquela moça como uma espécie de pai, de protetor, até com certa vaidade por tê-la ajudado a suportar os instantes de pânico. A última frase da mensagem diz que tão logo seja anunciado o embarque, Maria mandaria outra mensagem, avisando-o.

Pensa em se deitar e assistir um pouco de televisão ou então ler um dos três livros que trouxe na bolsa de viagem. Mas o quarto cheira a mofo, tudo é velho ali e emana um odor que ele associa à morte. Assim, pega um dos livros e resolve ir ao bar para beber e comer algo. Na porta do hotel, verifica com satisfação que o céu desanuviara, ventos varreram as pesadas nuvens para longe e uma grande Lua apareceu entre elas. Não havia reparado na Lua antes. Ela está cheia e sua luz redonda se reflete com beleza no mar, logo ali à frente. Maria não vai demorar, ele diz para si mesmo. Receia que ela talvez não goste da cama do quarto, uma cama com colchão de molas rangentes, pois ele a testou tão logo entrou. Mas o receio passa logo e ele o considera antes fruto de sua ansiedade do que de algum pudor dela.

Caminha até o bar, que lhe desagrada profundamente: primeiro porque há música ao vivo, segundo porque um grupo de quatro atores encena alguma história do famoso escritor transitando entre as mesas e terceiro porque fora ele mesmo o responsável por essa escolha. Senta-se a uma mesa, a mais distante do pequeno palco onde dois músicos tocam, e pede ao garçom uma caipirinha e uma lambreta. Abre o livro que trouxe, mas logo percebe ser impossível se concentrar. E não somente por causa da música, da declamação dos atores e da tagarelice nas outras mesas, mas porque só consegue pensar na hora em que Maria se despirá.

7

Duas horas se passam antes da companhia aérea informar no saguão o embarque para a retomada do voo.

COM A CORDA NO PESCOÇO *83*

Como não havia dormido nem um segundo na véspera, Maria apoiara a cabeça na mochila e adormecera. Foi despertada pelo homem que ao lado da mulher havia embarcado no aeroporto de origem e que se sentara ao seu lado no avião. Quando ele a chamou, Maria julgou ter ouvido a voz de Santiago e abriu os olhos sorrindo, como se sua saída de casa hoje de manhã até o desvio de rota provocado pelo mau tempo não tivesse passado de um sonho. "Já vou, meu amor", ela sussurrou. Segundos depois, a realidade a invadiu com a força de um choque, ela se recompôs, agradecendo o jovem, que ao lado da sua mulher, a acordara, e felizmente parece não ter ouvido o que ela dissera. Não, não ouviu porque as quatro palavras sopradas da boca de Maria foram abafadas pelo imenso burburinho do saguão do aeroporto. Mesmo assim, ela ruborizou, e ainda sente as faces ardendo enquanto aguarda na fila de embarque.

Eram essas as palavras que Maria proferia todas as manhãs ao ser acordada por Santiago na cama.

Ele sempre se levanta antes dela e prepara o café. Ele a mima desde que se conheceram. Essa solicitude a enternecia. Quem não se comove com o desvelo de um outro que o ama? Mas ao longo do tempo, aquilo começou a aborrecê-la em razão do tédio com que a repetição reveste um mesmo gesto. Pois havia manhãs em que era evidente que Santiago preferia estar dormindo a ter que se levantar e preparar o café. O que em outros termos significa que o amor deles se tornou um mecanismo de relógio de corda. Todo dia é preciso fazer como no dia anterior para que os ponteiros não se atrasem.

E mais esmero em dar corda no relógio do amor deles fora dado após Santiago anunciar querer um filho e perceber a reação causada à namorada. Quando forçamos ainda mais uma situação, mais ela nos parece artificial, e mais nos incomodamos com isso. Santiago, querendo reparar um erro (seria mesmo um erro desejar um filho com ela?), obtivera o efeito contrário. A cada manhã, Maria se esforçava para repetir "já vou, meu amor", e se o continuava fazendo era porque se via presa à máquina daquele relógio.

Todavia, ao ser despertada longe de casa num aeroporto onde ela jamais pusera os pés, por uma voz suave de homem, repetira a frase com espontaneidade, a mesma do início do seu amor por Santiago. E se se vira envergonhada ao perceber o equívoco e o embaraço que ela poderia causar (o que só não aconteceu em razão do grande ruído ao redor), também sentiu raiva.

Primeiro, raiva de si mesma, pois Maria julga comandar sua vida como um jóquei conduz o cavalo. Segundo, sentiu raiva de Santiago, porque ele, ao mimá-la, disfarçava a vontade de domesticá-la. O mais estranho é que ao ouvir o homem chamá-la, e confundi-lo com Santiago, fora rapidamente tomada pelo desejo de estar em casa. "Por que ele inventou essa história de filho?", pergunta-se ela, enquanto a fila começa a andar em direção ao *finger* de volta ao avião.

Ao sentar, sorrindo sem graça para o casal, que já se acomodara e se levantou para deixá-la passar, lembra-se de ter esquecido duas coisas: de mandar uma mensagem a Paulo e de ter pedido para trocar de lugar, porque após afivelar o

COM A CORDA NO PESCOÇO *85*

cinto ouve a criança à sua frente resmungar. Tira o celular da bolsa, para ao menos corrigir o primeiro esquecimento, mas é impossível: não o carregou no aeroporto e a bateria acabou. O voo, anuncia o comandante, está previsto para durar uma hora. Nada resta a Maria senão se resignar, e nada para ela é mais penoso do que ver o bridão com que conduz sua vida escapar-lhe das mãos. Portanto, depois de sentir vergonha, raiva, agora é invadida por uma profunda tristeza.

8

Sentado à mesinha no bar folclórico, Paulo se certifica, a cada 15 minutos, se há uma mensagem de Maria no celular.

Sabe que o faz inutilmente porque o aparelho vibraria caso recebesse uma mensagem. Mesmo assim não consegue se conter e continua a tirá-lo do bolso, o que só faz aumentar sua ansiedade e sua raiva. A ponto de imaginar ter ela desistido de embarcar. "Seria capaz disso?", se pergunta. Por que não? Ele mal a conhece e sabe que ela tem um namorado. Não é impossível, portanto, que na última hora tenha se arrependido e voltado para casa. Mas logo trata de varrer essa hipótese, por lhe parecer cruel demais. Outro fator estica seus nervos a uma tensão insuportável: o bar está lotado. Se na hora em que chegou, conseguira ao menos uma mesa afastada, agora todas estão ocupadas, com casais, famílias, grupos de amigos, todos promovendo uma algazarra eufórica. Sente que preferia a música ao vivo e a trupe declamatória de quando chegou. Olha para os lados, para a entrada do estabelecimento, iludindo-se de que talvez Maria lhe faria uma surpresa, chegando sem avisar. Mas, como disse, ele não a conhece, então por que motivos agiria assim? Decide voltar ao hotel e esperá-la no quarto. Ainda que com seu cheiro de morte, o quarto parece-lhe mais tolerável do que o bar. Faz sinal para o garçom trazer a conta e repara, parada na entrada, uma mulher examinando ou procurando alguém. É a jovem fóbica que ele cobrira no avião. Custou um pouco a reconhecê-la, pois de fato, além de metida em um vestido leve e estampado, curto, a crispação no rosto se desfizera, revelando uma beleza suave e insuspeitada. Passa-lhe pela cabeça que caso ela o veja – era o único cliente sentado sozinho –, poderá convidá-la a juntar-se a ele. Sente-se assim porque está com raiva do que considera uma traição de Maria – lembrem-se de que Paulo está na fronteira entre a imaturidade e maturidade, e os dois territórios se confundem sob seus pés. Por que não atrair a jovem cuja beleza, agora revelada, exibe um frescor autoconfiante e deixar-se flagrar quando Maria chegar? Não ignora a infantilidade de ser surpreendido num cenário como esse, mas vê-se incapaz de se livrar da raiva e da volúpia da vingança. Empertiga-se na cadeira de modo a se tornar mais visível, mas a jovem, que dera um passo em direção ao interior do bar – ele repara em suas pernas bronzeadas e bem torneadas realçadas por uma sandália de saltos, o que acende ainda mais seu desejo de tê-la em sua companhia –, embora por alguns segundos pareça olhar em sua direção e não o perceber, ou fingir não o perceber, sorri para um grupo sentado algumas mesas atrás dele.

COM A CORDA NO PESCOÇO 87

Para alcançar o lugar onde estão seus amigos, terá de passar bem ao lado dele, mas sem repará-lo, com a cabeça erguida, atravessa o corredor e o único sinal que deixa atrás de si é um perfume. Um perfume que o inebria. Tentou elaborar mil maneiras de abordá-la assim que ela se aproximasse, mas não somente nada dissera como virou o rosto em direção à praça em frente. Encheu-se ainda de mais raiva e fez novamente um sinal impaciente para o garçom. Ao levantar-se, foi impossível não se virar e olhar a mesa onde a jovem estava sentada. Antes não tivesse feito isso, pois a vê beijando na boca um homem. Deixa o bar e se encaminha para o hotel com algo curvando seus ombros, como se carregasse um fardo.

9

A tristeza de Maria substituiu sua raiva, e nem o pimpolho barulhento à sua frente, que nesse momento olha para ela com o dedo enfiado no nariz, a irrita mais.

A melancolia choca-se com o contraste do casal vizinho. Com o canto dos olhos, ela observa a cabeça da mulher sobre o ombro do homem, cuja mão direita alisa seus cabelos, enquanto o braço esquerdo a enlaça pouco abaixo dos ombros. Maria tem a impressão de que o jovem – e como ele é bonito, ela constata – também relanceia seu olhar a ela. E ela se lembra de tê-lo chamado de meu amor, confundindo-o com Santiago. Por causa disso, sente refluir uma onda de nostalgia do namorado, de seus primeiros tempos morando juntos, quando, sentados lado a lado, ele lhe abraçava e acariciava do mesmo jeito. Não se incomodaria se o homem, o qual teve o cuidado de chamá-la para que não perdesse o voo, a abraçasse agora. Esboça um sorriso ao pensar em algo tão desatinado quando, da boquinha com dentes de leite do menino virado para ela, sai uma golfada amarelo-esbranquiçada que respinga sobre sua calça jeans. A mãe puxa o filhinho de volta ao colo e só o pai – com traços marcados de cansaço no rosto – gira a cabeça, pedindo-lhe desculpas. Uma comissária é chamada e só depois de atender ao pedido dos pais para que traga água e um rolo de papel é que atende ao apelo de Maria, que pede um guardanapo para se limpar. O cheiro azedo e fermentado do vômito no encosto de cabeça da poltrona da frente lhe invade as narinas e ela sente uma enorme repulsa. "As crianças são muito sensíveis", diz baixo o jovem marido para não acordar a esposa. Maria quer lhe responder: "E eu, por acaso também não sou sensível? Por que toda essa deferência a essa criaturinha mal-educada, cujos pais são incapazes de manter quieta, e a mãe nem se digna a perguntar como estou? Merda de monstrinho." Mas, em vez disso, fala: "São mesmo". Toda a empatia e vulnerabilidade que até há minutos sentia pelo belo jovem que a acordara junto à nostalgia que lhe enchera a alma desaparecem. O que antes suspeitava torna-se uma certeza para ela: no fundo do útero da bela esposa de seu vizinho a semente humana já germina. Mas ela não está mais triste. Não. Tampouco com raiva por causa da gosma fedorenta expelida pelas pequenas entranhas do menino da frente. Nada disso a incomoda ou perturba. Maria agora está vazia.

COM A CORDA NO PESCOÇO *89*

10

Na televisão, colocada sobre uma cômoda velha e caruncha-da, um homem de camisa social e gravata está gritando. "A família", sua voz empostada tem o arroubo oratório da diatribe dos profetas, "é o cerne de tudo, a dádiva de Deus, o pilar que sustenta o homem. Quem abandona a família abandona Deus e entrega sua alma ao diabo. Mas o filho desgarrado, o marido adúltero, também é filho Dele, daquele que nos observa e tudo vê lá de cima..."

O televisor é um modelo antigo, sua antena capta poucos canais, que, depois da meia-noite, são ocupados por programas religiosos. Antes do novo profeta entrar no ar, a emissora transmitia um programa de humor, com piadas de duplo sentido e mulheres com grandes bundas apertadas em calças justas, ou com saias tão curtas que era possível ver as nádegas.

Antes desse programa terminar, Paulo cochilara e agora é despertado pelas batidas na porta. Quando deixara o bar com a jovem fóbica crispada transmutada na jovem autoconfiante e bela e subira para seu quarto no velho hotel em frente, Paulo deitou-se apenas de cueca – o calor naquela região do país é úmido e pegajoso e o aparelho de ar-condicionado, além de ranger como um motor desregulado, quase não resfria. Optou por acionar o ventilador de teto, que apenas lufa um ar morno. Tentou primeiro ler, indeciso quanto a qual dos três livros escolher, até abrir um, começar e desistir, abrir o outro e proceder da mesma forma assim como com o terceiro. Incapaz de se concentrar – lembrem-se, seus pensamentos eram ocupados pelo desejo de possuir a garota do avião porque o desdenhara há pouco e possuir Maria por tê-lo também desdenhado ao não avisá-lo como prometera a hora de seu embarque. Ligou a velha TV e, não tendo achado nada melhor ou menos pior do que o programa humorístico, deixou-se esvaziar estirado na cama e adormeceu.

Ao abrir a porta sentindo-se como um morto recém-ressuscitado (em sua cabeça ecoavam ecos do iracundo pastor que repetia exaustivamente a história de Lázaro), depara-se com Maria. Saudando-o apenas com um oi ao entrar no quarto, as primeiras palavras que ouve são: "As crianças são sagradas, Deus as fez puras e nada é mais sagrado e dá maior alegria a Deus que as crianças".

Ela pensa: "Santiago soltou para o mundo um sortilégio".

Paulo vai até a TV e a desliga, então diz: "Peguei no sono com a televisão ligada e não me dei conta de que a partir da meia-noite todas as emissoras nos assombram com a religião".

E pergunta-lhe como foi a viagem.

Como viu Maria pessoalmente algumas poucas vezes, a imagem materializada dela à sua frente parece distorcida. "Ela não é tão bonita quanto eu imaginava", pensa. Não sabe, é claro, do ódio que voltou a consumi-la, do ressecamento provocado pela imagem sagrada repetida em toda parte graças à ideia de Santiago de que um filho é o fruto supremo do amor.

Ela responde estar cansada e entra no banheiro.

Sai de lá meia hora depois vestida com um pijama, para a decepção de Paulo, que, na cama, a imaginava vê-la enrolada em uma toalha, desvencilhar-se dela e deitar-se nua ao seu lado. Nada disso acontece. Apenas a luz do abajur ao lado dele está acesa – sim, ele havia preparado o cenário para o momento tão desejado! Ela lhe dá um beijo, um casto beijo no rosto, vira-se para o lado, cobre-se, conquanto o quarto ferva feito forja, e fecha os olhos. Cauteloso, Paulo apaga a luz e esgueira-se até encostar seu corpo ao dela. Mas ela se contrai e ele pensa ter ouvido de seus lábios um enfático não.

11

Paulo acorda antes de Maria.

Ela está na mesma posição contraída de quando ele a encostou tão logo se deitaram, e que todos conhecemos como posição fetal. Ao virar-se por sua vez para o outro lado, ele não conseguiu dormir, pois sentia um incontido desejo. Seu sexo estava dolorosamente inchado – digo dolorosamente porque via-se proibido de fazer o que desejava. Com receio de se satisfazer sozinho e com isso fazer ranger as molas do velho colchão e acordá-la, ele se levantou e trancou-se no banheiro. Fechou os olhos e imaginou Maria, a três passos dele, mas a imagem que o excitou até o clímax foi a da jovem que reencontrara no bar e que passara a seu lado sem nem ao menos sorrir-lhe. Voltou para a cama e dormiu.

Entra no chuveiro e demora-se por lá. Não sabe se deve ou não acordar Maria. Já são quase 10 horas, e se não descerem em dez minutos perderão o café. No entanto, Maria o ouvira levantar-se e entrar no banheiro. Enquanto estava lá dentro, abriu os olhos e observou as pás do ventilador se movimentando no teto. Quando Paulo abre a porta, vestindo uma bermuda e sem camisa, percebe Maria acordada e se vê encabulado. Ela sorri para ele e pergunta: "Você também quer ter um filho comigo?"

Desde o início de sua vida sexual, ela prevenira-se tomando pílulas. Às vezes, esquecia-se e tentando controlar a tensão aguardava os primeiros sintomas da gravidez. Mas isso só veio acontecer quando começou a namorar Santiago. Havia poucas semanas que se mudaram e ela um dia sentiu enjoos. Correu a uma farmácia e experimentou um grande alívio ao fazer o teste em casa. Temia engravidar de Santiago não apenas porque não desejava um filho, mas sobretudo porque se se visse grávida temia perder Santiago. Estavam na primavera do seu amor e uma gravidez indesejada seria uma tempestade no idílio deles. Todavia, quando Santiago disse a sério desejar ter um filho, ela marcou uma consulta no dia seguinte com o ginecologista e colocou um DIU de cobre, e ainda assim, quando o namorado se esvaziava dentro dela, sentia medo.

Notando como a cor se desenha no rosto de Paulo, ela solta uma gargalhada, levanta-se e o abraça, como se aquela pergunta tivesse escapulido de um sonho. E começam a conversar sobre outras coisas. Ela tira as calças do pijama – ele a vê de calcinha e sente seu desejo despertar – e depois a camiseta, e deleitado com a forma de seus seios, diz: "Eles têm a forma de peras". Ela sorri, veste-se rapidamente e os dois descem a tempo de pegar o café da manhã.

À luz do dia, a cidade parece-lhe ainda mais desagradável.

Como é feia, os dois concordam, e apressam-se a voltar, após um rápido passeio, ao hotel e deixá-lo rumo à rodoviária, onde pegam um ônibus e após cinco horas desembarcam numa cidade pequena no fundo de uma baía. Dirigem-se ao cais e tomam um barco, que, ao fim de duas horas, encosta em um atracadouro de madeira na barra da baía. Descem e caminham por um emaranhado de ruas arenosas até achar uma das duas pousadas do vilarejo. Chegaram ao final do dia.

Em um bar modesto, junto ao grande gramado do lugarejo, conversam enquanto tomam uma cerveja e comem peixe.

"Cheguei a pensar que você não viria", ele diz.

Ela está de short e com uma camisa larga, aberta, deixando entrever a parte de cima do biquíni.

"Como é aquela frase?", ela pergunta.

"Que frase?"

"Diz mais ou menos assim: quando se chega a um certo ponto, não se pode mais voltar."

Ele sorri.

Ela continua: "Essa frase me apavora".

"Por quê?"

"Você não percebe a inevitabilidade disso? Cria-se um vínculo e eu detesto vínculos."

"Não estamos vinculados a nada. Quer dizer, nós dois aqui."

"Não tenho tanta certeza."

"Não faremos nada que você não queira."

"E quanto a você?"

"Eu?"

"É. Por que não faremos nada do que nós não quisermos, e não do que eu não quiser?"

Ele fica em silêncio.

Ela diz: "Sei o que você quer".

"Sabe mesmo?"

"Claro. Você se masturbou no banheiro."

"Como você sabe?"

"Você devia tomar mais cuidado. Pisei na sua porra."

Então os dois riem e pedem outra cerveja.

12

No quarto da pousada, eles se preparam para dormir. Maria trouxe fones de ouvido e um livro. Enquanto caminhavam pelas ruas de areia, iluminadas por poucos postes com lâmpadas amarelas, ela reparou que, embora houvesse crianças – mas onde não há crianças? –, elas não lhe causavam raiva nem repugnância. Elas corriam descalças e quase nuas longe da presença dos pais.

"Sim", pensou Maria, "fora do círculo protetor paterno e materno, a criança não faz birra, não deseja chamar a atenção dos outros. Só deseja chamar a atenção aquele que precisa se mostrar superior." O jato de vômito que voou em sua direção a 10 mil metros de altitude pode ter saído de um estômago não muito maior que uma bola de tênis, mas sua intenção era causar o estrondo de uma bala de canhão. O menino tinha certeza, e não precisava ter consciência disso, de que ao vomitar no colo da mulher que não lhe dava atenção, contaria

COM A CORDA NO PESCOÇO 95

com a aprovação dos pais. Ali, numa vila igual a uma aldeia de índios, elas correm e brincam umas com as outras e não precisam da anuência porque são livres. Não que Maria tenha passado a amar as crianças. Ela ainda está muito próxima de sua própria infância para amá-la; muito ciosa da recém-adquirida posse de sua emancipação, longe do círculo protetor paterno para desejar um retorno na forma de um filho. Mas vendo os meninos e meninas correndo de um lado para o outro liga-se a eles pela independência, e isso provoca simpatia.

Paulo está com o livro aberto deitado na rede da varanda que dá para o jardim da pousada onde o perfume dos jasmineiros parece o prenúncio de uma grande volúpia.

"Ah", ele pensa, "tão diferente do cheiro da morte no quarto de hotel da noite passada." Tenta imaginar qual reação Maria teve ao sentir na sola dos pés a substância pegajosa de seu esperma. Sentiu nojo? Ou, ao contrário, se sentiu lisonjeada, pois sem a menor dúvida, ela imaginara que fora pensando nela que ele ejaculara? Pensa também na frase de Maria: "A partir de um certo ponto é impossível voltar", que ela achava horrível, pois criava um vínculo, uma obrigação. A quem estaria se referindo? A ele, certamente, pois sua intenção ao vir ao seu encontro, deitar-se na mesma cama, não deixava quaisquer vestígios de incerteza com relação aos fins. Constata isso tristemente. Ela não quer estender uma ponte entre eles, e foi por causa disso que se recolheu como um feto na noite passada. Um feto é sinônimo de um bichinho indefeso que se protege com o retraimento de seu corpo no corpo ainda maior da mãe.

Paulo não tem vontade alguma de sair da rede e deitar-se ao lado de um feto.

Maria tenta imaginar Santiago.

O que ele estará fazendo agora? Será mesmo que acredita que ela esteja com suas amigas numa praia? Ela acreditaria se estivesse no lugar dele? Por que tem sido tão dura com ele? Por que simplesmente não revelou não ter vontade de ter um filho e assim pudessem continuar a viver como antes? Será que ela não o ama? E ele, será que a ama? Mesmo que não haja dúvida de que gerar um filho nela seja um sinal universal do amor, não tem tanta certeza desse amor. Volta-lhe a ideia do ponto de onde não se pode voltar. "Se não se pode voltar", ela pensa, "então se é obrigado a ir. Mas ir para onde? Até quando?"

Sente saudade não desse Santiago que deu um passo em direção ao ponto do qual não há retorno, mas do antigo Santiago, aquele que não se importava para onde ir. Esse Santiago, é com tristeza que constata, está perdido, foi embora, não volta mais. Então ela se lembra da Lua. Da janelinha do avião, a Lua, como uma grande e gorda cara iluminada, que havia sorrido para ela.

Maria tira os fones do ouvido e levanta-se.

Apaga o abajur e deixa a luz do céu da noite invadir o quarto.

Despe-se.

Caminha em direção à varanda. Caminha tão leve que Paulo não a percebe se aproximar. Ela vê seu rosto tingido de azul na rede. Ele está de olhos fechados, mas não dorme. Desloca-se e fica de costas diante dele, apoiada no parapeito de madeira. Ele abre os olhos e vê suas costas nuas, a sombra de suas nádegas firmes.

Ele se levanta e coloca-se ao seu lado. "Tira isso", ela diz, apontando-lhe a bermuda. Os dois agora estão nus. "Ela vai nascer." "Quem?", ele pergunta, olhando na direção em que ela olha. "Shhh", ela sibila apontando na linha escura do horizonte onde uma imensa esfera amarela, lentamente começa a se levantar. "Ela é livre e aparece quando quer", diz Maria.

Maria não sabe ou finge não saber que também um satélite obedece a uma ordem, está preso a um vínculo, atado a uma eterna repetição. Mas isso não importa.

Começam a se acariciar na varanda ignorando quando irão terminar.

O tocador de triângulo

1

Meu celular tocou na porta do estúdio onde a gravação ia começar em dez minutos, e na qual, embora tenha uma participação mínima, minha presença era tão exigida quanto a do solista. Tirei o aparelho do bolso com intenção de desligá-lo, mas tão logo vi o nome desejado piscando na tela, atendi.

"Não posso! É horrível! Horrível! Por que essas coisas só acontecem comigo?"

Ela não me pareceu ter ouvido quando perguntei o que havia acontecido de tanto que as frases desarmônicas se misturavam à histeria da indignação.

"Não há nada que eu deteste mais que a tirania. Lutei a vida toda contra a prepotência dos homens. Primeiro contra meu pai, o marido sedicioso, o manipulador frio para o qual minha mãe e eu não passávamos de fantoches, o enganador que escondia sua frustração atrás da arrogância autoritária. Depois meu padrasto, o mestre da farsa, o misógino mendaz, traiçoeiro, perverso, o carrasco cuja sagacidade conseguiu colocar a mãe contra a própria filha. Então veio aquele traste com quem fiquei casada por cinco anos, cinco anos desdenhosos, nos quais tudo o que ele fazia era fumar maconha na frente do teclado o dia inteiro e exigindo na hora que lhe desse na telha que eu trepasse com ele. 'Você não faria isso com o Keith Jarrett?', ele me perguntava, e eu, a idiota, a tonta, achando que me unira ao Chopin do final do século 20, cedia. Então, no meio da madrugada, eu o ouvia esmurrar as teclas do piano e rasgar o que passara o dia todo escrevendo. E o escroto ainda botava a culpa em mim. 'Um gênio não pode se preocupar com outra coisa senão com sua arte', o filho da puta me dizia só porque eu lhe pedia para ir ao banco pagar uma conta. Eu trabalhando igual a uma desgraçada para sustentar uma fraude. Quatro anos de escravidão! Quatro aninhos jogados fora no auge da minha beleza, e nesses quatro anos envelheci 20 anos. Enquanto passava o dia numa merda de emprego, posando de funcionária-modelo, o maconheiro fodia com as piranhas, que acreditavam estar diante do cara que ia revolucionar a música! Depois foi a vez do portuguesinho de merda, o alfacinha venenoso e covarde, incapaz de matar uma barata. E agora, depois de mandar o débil mental para a puta que o pariu, e conseguir um novo emprego para ganhar cinco vezes mais, quando tudo parecia finalmente entrar nos eixos e eu finalmente ganhar minha alforria, me aparece outro ditadorzinho para me assediar. Se eu tivesse uma arma juro que descarregaria um pente inteiro no meio do pau mole e do saco muxibento desse velho nojento. Ah, pelo amor de Deus, Filipe, o que é que eu faço?"

Antes que eu dissesse qualquer coisa para minimizar o choro convulsivo que se seguiu ao desabafo, Daniel gritou da porta do estúdio que só esperavam por mim para começar.

Enquanto o celular soluçava no meu ouvido, ergui o pequeno estojo do meu instrumento com a outra mão e levantei o polegar.

"Mariana. Mariana, meu amor. Fica calma. Tudo vai se resolver", foram essas as banais, previsíveis e inúteis palavras, ditas em voz baixa, com as quais procurei apaziguar a jovem do outro lado da linha, junto à qual nas últimas semanas esmerava-me para convencer de não ser igual à fileira dos algozes cujos efeitos cumulativos só faziam aumentar sua descrença no gênero masculino. Esmeros, claro, que só serviram para inflamar ainda mais a combustão de indignidade diante dos homens, entre os quais eu não me encontrava excluído.

"Pra vocês, é muito fácil falar. Ficar calma? Nem bem uma semana pus os pés lá dentro, e o velhote reúne a redação para tirar uma foto. Uma foto aberta em página dupla e quem você acha que ele obrigou a ficar um passo à frente dos outros, bem no centro? Por acaso minha editora? Ou a colunista mais lida da revista? O editor-chefe com 20 anos de casa? Um dos três repórteres especiais campeões de furos? Não. Eu, a nova estrela da publicação, ou, como todo mundo pode ler na legenda, 'a jornalista fora da curva'. A essa altura, até o contínuo tem certeza de que eu dei para o poderoso chefão. Sou fulminada por todo lado, não posso nem levantar os olhos. Falo com o diagramador sem encará-lo, mas sinto o petardo disparado: 'O novo lanchinho de Deus'. Exatamente. É assim que se referem a ele na redação. Vou ao banheiro, com a bexiga estourando porque estou bebendo menos água pra não ter que ir lá toda hora, e quando entro as coleguinhas param na mesma hora de falar e eu nem preciso de telepatia pra ouvir o que elas estão pensando, 'chegou a putinha do velho', 'a nova piranha do harém do sultão.'"

Pensei em interrompê-la para ponderar que talvez houvesse algum exagero nisso, mas com base na intervenção anterior e no fato de que agora não apenas Daniel, como também Thiago, o solista e líder do conjunto, postara-se na porta com a mesma atitude de dois adultos esperando a recalcitrante criança entrar em casa e fazer a lição, dei-lhes as costas e encostando ainda mais a boca no telefone supliquei: "Mari, meu amor. Se eu não entrar pra gravar agora, vão me expulsar do grupo. Mari, sou louco por você, e não vou deixar que nada de mal aconteça. Eu juro. Mas preciso desligar. Ligo de volta assim que sair daqui. Mari, por favor...", mas ela já tinha desligado.

2

Curioso, pensei ao entrar no estúdio sob a censura dos olhares dos membros do conjunto e instalar-me sobre uma banqueta junto a uma das paredes com revestimento acústico, havia começado o dia pensando nela.

Havia quase duas semanas desde a última vez que nos víramos. Era sempre eu quem ia à sua casa, um sobrado exíguo com sala e cozinha no térreo e um quarto com um banheiro no andar de cima, onde ela vivia com um cachorro do tamanho de um pônei.

Ao nos deitarmos, pedia a ela para fechar a porta pelo menos enquanto trepávamos, mas ela a deixava aberta, ga-

102 ANDRÉ NIGRI

rantindo-me que Bia nunca subia na cama se não a chamasse. É verdade, não subia, mas apoiava as patas dianteiras do tamanho dos punhos de um pugilista na beira do colchão e, virando a cabeçorra de um lado para o outro, ficava observando nosso coito.

Pensava na gigantesca língua rosa da cadela sentado no pequeno balcão da minha cozinha, bebericando uma xícara de café naquela manhã. Mas pensava também na satisfação de ter reencontrado uma mulher que desejara depois de cinco anos.

Fora um encontro inteiramente por acaso, num bar, onde ela dividia a mesa com uma amiga em comum, a qual também não tinha visto por alguns anos. Me encontrava na companhia de alguns músicos da banda em outra mesa e, ao reconhecê-las, fui até lá para saudá-las. Ao voltar, disse que me sentaria com minhas amigas, não tendo sequer feito menção de convidá-los a se juntar a nós.

Soube então que tinha terminado um segundo relacionamento depois de "intermináveis anos" ao lado do tirano. Esse segundo relacionamento também levara ao casamento com um homem que conhecera quando nós dois começamos nosso caso.

Eu me recordava com exatidão do jovem português com quem ela começou a sair – um rapaz afável, simpático, muito magro e de óculos de aros redondos. A mim, ele lembrava Fernando Pessoa e me recordo também de não ter sentido nenhum ciúme quando em pouco tempo ela me comunicou estar saindo com ele. Ao contrário, convidado, compareci ao casamento, cuja festa ocorrera num playground para crianças e onde me enrosquei com uma amiga dela numa piscina de bolinhas.

Depois disso, não mais nos vimos, mas ali no bar, agora só eu e ela, pois a amiga talvez por ter suspeitado o retorno de algo para o qual sua presença parecia supérflua, tinha ido embora, fui informado, para minha surpresa, de que também o lisboeta com aparência e modos suaves revelara-se antes um Salazar do que o grande poeta.

"Quando voltamos da lua de mel na cidadezinha mais atrasada que se pode imaginar em Trás-os-Montes, onde estivemos com sua família, uma família em que todas as mulheres se vestem de preto, têm unhas sujas e alguns muitos dentes a menos, enquanto os homens falam de modo incompreensível e não desgrudam seus olhos esbugalhados de mim, minha casa foi invadida por todas as baratas do bairro. Todas. Em todos os lugares. E sabe como o lindo gajo reagiu? Ficou apavorado e disse que não ficaria nem mais um minuto ali até a que última daquelas nojentas desse o fora. Parecia uma versão operística burlesca do romance da Clarice Lispector. Ele simplesmente saiu correndo e se hospedou num hotel. E eu fiquei responsável pelo genocídio das bichinhas. Eu e a Bia. Ela era filhote e ficou pirada com as baratas, se empanturrando delas. Isso enquanto o 'macho' se escondia cagando de medo. Contratei o melhor serviço de extermínio da cidade, falei que eram milhares, talvez bilhões, e eles mandaram um cara com um borrifador, mas quando o sujeito que não parava de olhar pra minha bunda bateu lá em casa, pensando, 'ah, mais uma mocinha burguesa apavorada com os bichinhos', viu um esquadrão dando rasante na sala, perdeu todo rebolado e me disse que nunca havia visto uma infestação como aquela. Ligou na mesma hora para a empresa e pediu reforço. A Bia ficava pulando do sofá em direção ao lustre, tentando abater as filhas da puta, enquanto o valentão ficou na porta esperando a tropa chegar. Quase uma hora depois, apareceram dois, acho que era uma espécie de batalhão de elite, o esquadrão da morte das pragas urbanas. Mas ainda não foi suficiente. Eles disseram que teríamos que evacuar a casa. Evacuar a casa! Como se tivessem colocado uma mina lá dentro e fosse preciso desativá-la. Bando de cagões. Tudo bem, eu disse. Mas você acha que eu ia pro hotel do borra-botas lusitano? Nem pelo caralho! Peguei a Bia, joguei a mala no carro e me mandei para a praia. Pedi licença no trabalho. Fiz questão de manter o celular desligado. Três dias depois, voltamos. Tiraram não sei quantos sacos de 100 litros de baratas. E mesmo na semana seguinte, ainda encontrava um cadáver em algum canto ou então a Bia aparecia com uma nojenta na boca. O alfacinha? Bem, havia zilhões de recados dele no celular. Nunca ouvi tanto choro na minha vida. Você que é músico... Tá bom, você que está músico e gosta de música, podia ouvir o maior réquiem da história no meu celular. Pedia pra voltar, dizia que me amava, ficara apavorado, dizendo que nunca tinha visto algo semelhante. Só faltou dizer que lá no país atrasado dele não tem barata. Ah, vá se foder! Mas eu, a idiota aqui, a eterna submissa, com minha incapacidade de não ajudar, de acreditar poder mudar as pessoas, acabei cedendo e ele voltou pra casa. Deixei. Em seis meses, ele foi o melhor marido que uma mulher pode sonhar. Deve ter feito uma terapia intensiva para extirpar a fobia de insetos. Me ajudava em tudo, ou melhor, fazia tudo. Lavava a louça, varria a casa, levava a Bia pra passear duas vezes ao dia; só faltou comprar uma cadeirinha como aquelas das sinhás do século 18 e me carregar pelos cômodos. Um amor. Parou até de ouvir aqueles fados medonhos que adorava. Mas depois, aos poucos, tudo recomeçou. E sabe de uma coisa? Quando ele se comportou como um príncipe dos sonhos, eu não gozava. Era horrível, mas eu não suportava transar com ele. Eu dava pra ele por pena. Afinal, o mocinho levava comida na minha boca. Como é que eu podia dizer não? Mas pedia pra apagar a luz, fechava os olhos e pensava... Bem, vamos lá. Pensava no outro. No primeiro tirano. No carrasco do primeiro casamento. Aí conseguia me entregar por uns dez ou 15 minutos. Só com toda essa concentração. Bem, mas quando ele voltou a colocar aquelas asinhas de galeto pra fora, eu comecei loucamente a querer trepar com ele e nem imaginava o outro. Eu adorava quando ele me tratava como uma vagabunda em 'português'. 'Vou enfiar meu pilão na tua crica', ele dizia, ou então: 'Vou arrombar-te a cona'. E eu respondia: 'Enfia essa pila rombuda na minha xana de piriguete'. Mas isso durou poucos meses também. E, no último ano, pensei muitas vezes em pegar minha tesoura de jardineira e arrancar fora aquele pilão e o escroto dele." Foi o que ela me disse na mesa do bar àquela noite.

3

Mariana – desde que a vira no dia do casamento com o gajo cujos colhões ela gostaria de esmagar como as baratas que se hospedaram por mais de uma semana em seu sobrado – estava mais bonita. O rosto parecia mais afinado, realçando o queixo, e o lábio superior se revelava mais proeminente com o formato de uma gaivota planando – lembrei de como ela desperdiçava tão abençoada anatomia ao fazer sexo oral disfarçando a custo a inapetência. Ou isso ocorria apenas porque quando tivéramos nossa primeira e curta intercorrência coital eu não me comportara como um carcereiro, como o primeiro marido, o pianista sádico, e depois como o segundo, a versão Jasão de Fernando Pessoa? Será que ela agira assim, quando eles a subjugavam como escrava sexual? Talvez eu fosse delicado ou tímido demais com ela.

Pensava sobre isso quando ela se levantou para ir ao banheiro, e, vendo-a voltar entre a fileira de mesas e o balcão, vestindo uma bata verde-clara com um decote generoso o bastante para entrever o sulco entre os belos seios, enaltecido por um colar de coral, a saia meio hippie, mas sofisticada, dessas que se compram em lojas caras de roupas tailandesas, com flores bordadas e sapatilhas minuciosamente trançadas nos tornozelos, decidi investir com a rapacidade maníaca de Aquiles, mas, antes mesmo que lhe mostrasse como meus dentes estavam afiados e meu apetite aguçado, ela disse que precisava ir embora, pois teria de acordar cedo.

Todavia, me deu seu telefone e três dias depois combinamos nos encontrar. Onde? "Ah, lá em casa. Leve um vinho. Vou fazer um risoto de arroz selvagem com flores comestíveis pra gente. Você vai enlouquecer." E foi assim que retomamos nosso caso após quase quatro anos e que já dura quatro semanas.

4

Sentado no meu banquinho, dentro da sala isolada de gravação, estávamos trabalhando.

Toco triângulo, um dos menores instrumentos de orquestra: 17 centímetros de altura, por 30 de largura, pesa menos de 1 quilo e é feito de aço cromado. Toca-se com um bastão de ferro em sintonia com a mão que segura o idiofone, determinando o som aberto ou fechado, sons agudos, curtos e isolados ou formando uma cadeia similar ao trinado, provocado por batidas rápidas e sucessivas. Apareceu em orquestras, praticamente como uma versão nano de um sino de igreja, no século 18, em alguma peça irrastreável de Mozart.

Estávamos gravando. Quer dizer, o sexteto estava gravando oito faixas para seu álbum de estreia. Eu não fazia parte do sexteto. Havia sido contratado apenas como músico de apoio para a gravação. Aconteceu de se precisar em duas composições da participação de um percussionista. É claro que havia um, Daniel – o que me chamara quando o telefone tocara na entrada do estúdio. Mas, por alguma desavença que não vem ao caso para esta história, ele se recusara a tocar nas duas faixas o triângulo, e como a data agendada para a gravação no concorrido estúdio não poderia ser adiada, sob pena de um desastroso atraso no lançamento do álbum, e como não havia outro percussionista profissional à disposição em cima da hora, e como Daniel – por ter sido meu colega no ginasial, quando desde então mantivemos uma relação esporádica e cordial de alguns encontros e telefonemas para saber notícias um do outro – sabia da minha irremediável frustração de não ter me tornado músico a despeito de grande esforço, lembrou-se há menos de uma semana de mim e me telefonou, convidando pra participar da gravação.

Ignoro como convencera os outros cinco integrantes do grupo a me aceitar. Mas supunha não ter sido tão penoso visto a urgência do caso e, sobretudo, pelo fato de que a participação do triângulo se resumia a poucas batidas, em quatro compassos, somando o total de menos de 16 segundos. Daniel estivera comigo quatro vezes até que eu aprendesse como achar as notas certas e me aconselhara repetidas vezes que o mais importante era não perder a concentração e o tempo.

Durante cinco dias, eu "ensaiara" minhas batidas com a aplicação e a ansiedade de um aluno inseguro às vésperas do vestibular. Talvez me sentisse mais autoconfiante em outras circunstâncias, pois um dos meus grandes sonhos era participar da gravação de um álbum e ler meu nome nos créditos como músico convidado. Talvez, fosse o caso recém-engrenado com Mariana e os anseios por ele provocados. E agora, tendo chegado ao estúdio com a seriedade e a concentração a mim exigidas, o telefone tocara e ela me contara em golfadas de raiva e lágrimas o assédio do diretor e os constrangimentos perpetrados pelas piadas, murmúrios e os olhares zombeteiros e desdenhosos dos colegas de redação. E para piorar, eu tivera de desligar.

A sessão ia durar horas – pagaram uma diária inteira pelo estúdio –, todos os músicos gravando ao mesmo tempo, portanto eu estaria sempre com eles e não poderia errar, com o risco de estender a jornada ao infinito. A primeira vez que olhei discretamente as horas, não haviam se passado nem 30 minutos e só conseguia pensar nela – não apenas na sua dor, mas principalmente em nossa incipiente relação retomada.

5

Nossa intimidade era assimétrica. O esforço empreendido por Mariana para alcançar o orgasmo me aborrecia. Não pelo prolongado tempo até atingi-lo, mas pelo modo recalcitrante a que só consigo denominar como uma diligente aplicação de um manual técnico por um operador meticuloso. Algo nela resistia à entrega e ela agia como um sargento dando ordens ao soldado. Por outro lado, nunca desistia desses esforços. Arquejava como uma atriz decorando uma cena, enquanto eu, para não arrefecer, tentava imaginar outra cena. Seria ultrajante, mas me sentiria mais à vontade se pudesse usar protetores auriculares para não ouvi-la e uma venda para não vê-la. Quando finalmente atingia o fim, tornava-se lânguida e maternal, e, ao pegar no sono, a grande cadela de língua rosada pulava na cama e se instalava entre nós dois.

Após nossa segunda noite passada juntos, na qual ela preparara peixe com salada de pupunha e geleia de pimenta, acompanhado de três garrafas de vinho branco, das quais eu praticamente tomara duas sozinho, na manhã seguinte, ainda na cama com a gulliveriana Bia bastante agitada e ansiosa para seu passeio matinal, perguntei à minha amante interina se havia algo de errado comigo, pois é ocioso repetir ter ela se comportado com o mesmo e denodado esforço da outra vez para alcançar o clímax.

Foi mais ou menos isso o que ouvi, até onde consigo me lembrar com base nas duas garrafas de sauvignon entornadas na véspera:

"Ah, meu querido. Não é nada do que você está pensando. A coisa é comigo. Talvez eu precise de um tempo. Você tem sido maravilhoso, gentil, ardoroso, um amante impecável. Preciso apenas de um tempo até me adaptar. Não, não quero de jeito nenhum dizer que você não venha mais. Quero preparar muitas receitas ainda. Você tem de experimentar meu saltimboca alla romana! Levei seis meses para chegar ao ponto certo. Vai deixar você nas nuvens. Além disso, nunca conheci alguém tão perspicaz e culto como você. Vivi uma década me apaixonando pelos homens errados. O primeiro falecido, o tecladista xexelento, não precisava nem fumar um baseado para que eu não entendesse o que ele estava dizendo. Era uma besta. Um burro. Incapaz de intercalar uma oração na outra que fizesse sentido. Só emitia uns grunhidos divagando sobre os astros, o alinhamento do Sol com a Lua e a Terra. Um tremendo de um chato. Um hippie fedorento, posando de paz e amor quando na prática não passava de um estuprador. Deus me livre. Que horror. Gostava de me amarrar. Eu só deixava porque naquela época acreditava que essas coisas eram importantes para manter o casamento e tudo o que eu queria era não repetir o desastre conjugal dos meus pais. Por isso escolhi o portuga, que me parecia o oposto, o homem sensível, delicado. Mas você já ouviu muito sobre ele. Que filho da puta. Medroso, covarde e babaca. Só na cama ele exibia alguma virilidade, recitando uns versos de Bocage. Mas eu também deixava porque não me conformava que de novo escolhera um bosta pra ser meu marido. A gente se esforça para ser feliz. Acho que ainda sobraram uns resquícios românticos da menina idiota que eu era. Achava que ele era culto porque também decorara – e eu imagino o esforço do pobre-diabo – uns poemas da Florbela Espanca. Meu Deus, como eu era ingênua. Mas isso mudou. Você pode errar uma vez. Mas errar duas vezes é burrice. Espero que aquele pedaço de asno esteja pastando com os tios desdentados dele lá naquela porra de Trás-os-Montes. Agora não erro mais, não. Você é espontâneo. Como eu já disse, sua cultura é fascinante e me excita. Só estou me adaptando. Não quero... Não quero NUNCA MAIS me submeter a um seviciador como aqueles dois putos escrotos. Não aceito NUNCA MAIS ser insultada! E você é perfeito para isso. Sabe, ano que vem faço 35, estou madura, me acho linda, segura, forte. Me fortaleci com o sofrimento. Não sou nenhuma freira. Não tenho a mínima vocação para enfermeira. Já me doei demais. Esses sexistas que se fodam. Espero que a pica deles apodreça e caia. Mas você, querido, você é especial. Quero que você faça parte desta minha transformação: da submissão para a liberdade. Não vou mentir. Gosto de homem. Mas agora é de homens como você que gosto. E se pareço um pouco tímida é uma coisa minha, talvez um pouco de receio. Não, não, não de você, querido. De mim mesma. Estou me redescobrindo. Semana que vem vou preparar um suflê de ora-pro-nóbis dos deuses. Você não vai se arrepender. Agora, vamos levar a Bia pra passear? Ela adora você também."

Assim levamos a Bia para passear e fazer suas necessidades no bairro arborizado onde Mariana morava. Por mais que tenhamos andado de mãos dadas como um casal de namorados, e não como um casal de amantes, e que havia ainda muitas receitas elaboradíssimas acenando como promessas no futuro, não conseguia me livrar da ideia de que a sombra dos seus dois ex-maridos pairava acima de nós.

6

Passadas duas horas e meia de gravação, começou a primeira música a contar com a intervenção do meu minúsculo instrumento. Dezesseis segundos repetindo a mesma nota em um compasso de 4/4 em uma divisão de quatro semínimas, bem à frente, na partitura aberta no pedestal. Somando 16 repetições de sons agudos e curtos. Fácil. Daniel era o mais próximo de mim e, para me relaxar, encarava-me com expressão risonha, enquanto manejava a vassourinha na caixa e nos pratos com tamanha naturalidade que era como se ao nascer tivesse saído do útero de sua mãe não chorando, mas tocando um pandeiro.

Mais da metade da minha vida fora dedicada a aprender música. Colecionava partituras e sabia lê-las, o que de modo algum significava saber tocá-las. Num quarto transformado em escritório do meu apartamento, havia um piano elétrico Yamaha CP-70, instrumento extinto na década de 80, um baixo acústico de que perdi o arco, dois violões, sendo um de corda de náilon, que troquei por aço e estraguei para sempre, um saxofone que entupiu, pois entalei uma surdina de tamanho errado, um muito útil e étnico didjeridu, usado por aborígenes australianos, um vibrafone, que hoje serve de mesa, e até uma tuba com um belo amassado depois de uma queda – adquirida por alguma razão que sinceramente me escapa. O cômodo parecia uma loja de antigos instrumentos musicais, de qualidade questionável, todos em desuso, enferrujados e desafinados. Todavia, o único deles, do qual minha quase completa ausência de talento lograva tirar um ritmo minimamente audível, cabia na parte da frente de uma mochila escolar. E mesmo assim, agora, cujo tempo ao contrário de antes cavalgava à velocidade de um puro sangue, eu temia que meus batimentos cardíacos fossem captados pelos sensíveis microfones e fossem futuramente detectados por milhares de ouvintes que adquirissem o álbum de estreia do sexteto, como o barulho de um metrônomo – aparelho que, a propósito, eu possuía ao menos uma dúzia, dos mais antigos, um deles datado do final do século 19, aos mais sofisticados, como um de quartzo.

7

Se é isso o que ela quer, não ser mais destratada, ao passo que a delicadeza tampouco era estimulante, então o que ela quer? Solucionar essa intrincada equação era o que me ocupava tão logo terminei minha primeira participação na música.

Felizmente, Thiago determinou um intervalo de 30 minutos e se encaminhou para a cabine para uma reunião com o produtor e o engenheiro de som, à qual, para minha sorte – ao mesmo tempo que só confirmava o quanto eu era supérfluo naquele processo –, fui o único "músico" a não ser convocado. Daniel, sempre gentil, apoiou a mão nas minhas costas e disse que eu aproveitasse o tempo para descansar, como se os poucos segundos tivessem me deixado extenuado. Corri para fora do estúdio e liguei para Mariana. Era quase meia-noite. Ela estaria dormindo, mas, dado o estado emocional no qual se achava, certamente a pegaria ainda acordada. Parecia, no entanto, que me enganara. Liguei três vezes seguidas e ela não atendeu. Teria tomado barbitúricos e apagado? Mas Mariana, até onde eu sabia e sabia muito pouco, com sua veemência habitual era contra a alopatia. "Isso é veneno. Querem te envenenar o tempo todo para você se tornar escravo deles, desses manipuladores sádicos de branco. Meu avô morreu com 98 anos e nunca foi ao médico. Já me subjugo a muita coisa para me deitar no leito de Procusto da máfia do jaleco." Era adepta de florais e homeopatia. Nem uma acachapante dor de cabeça a convencia de engolir uma simples aspirina.

Após as três ligações seguidas sem deixar recado, e tendo se passado 15 minutos, cada vez mais ansioso, liguei novamente, e dessa vez, quando a voz gravada dela atendeu – Mariana tinha uma voz rouca quando não estava histérica, um som que me lembrava o tom sedutor empregado por uma famosa locutora que anunciava chegadas e saídas dos voos no aeroporto do Rio, um sussurro cujo poder aliciante costumava deixar excitados os turistas estrangeiros –, deixei o seguinte recado: "Mari, meu amor, me ligue. Estou no intervalo da gravação. Em dez minutos, tenho que voltar ao estúdio. Vou pra aí tão logo isso aqui acabar". Ao desligar, me arrependi de ter empregado "meu amor". Soara exagerado demais, ou melhor, muito piegas vindo de um homem, segundo ela, culto e sofisticado. Além do mais, baseado na embaraçada maneira com que tentávamos nos conectar durante nossos folguedos, mal éramos amantes. Ou então, ela queria esticar a corda ao máximo – apertando as cravilhas – para testar o quanto a desejava na realidade, pois, a cinco minutos de reingressar no estúdio, meu celular tocou.

"Querido, não consigo tirar o caviloso da cabeça. Desculpe se não atendi antes, achei que fosse ele de novo. Não para de me ligar. A primeira vez atendi porque pensei ser algo relacionado a uma matéria que entreguei ontem – uma matéria surrada, tão antiga quanto 'os preços do bacalhau dispararam na Semana Santa' –, mas que ele disse estar brilhante e selecionou para a capa. Voltou a falar no meu talento excepcional, no maldito ponto fora da curva, quando a única curva em que esse asqueroso assediador está interessado é a da minha bunda, e teve o desplante de me perguntar: 'Onde você estava escondida esse tempo todo?' Atendi e não era nada disso. Ele queria sair comigo. Me convidou para jantar, repetiu várias vezes que não consegue me tirar da cabeça. Tudo tão brega, querido! Que sou a estrela cujos raios o estavam cegando e nunca antes isso lhe acontecera. Um versejador de quinta. Como eu disse a ele que gostava de poesia e depois de ter falado meus poetas preferidos, leu versos do Vinicius, Bandeira, da Adélia... Soando como um trovador de feira. Jesus, eu não mereço. Atendi porque continuo obliterada pela ingenuidade. Não consegui extirpar todo o tumor da inocência de mim. Talvez eu devesse procurar um médico. Você não conhece um que faça quimioterapia para eliminar o carcinoma de romantismo de mulheres de 35 anos babacas como eu, que ainda vivem pensando estar na adolescência? O pior é que tive de ouvir tudo. Toda a baboseira. Afastei até o telefone do ouvido com medo da baba viscosa e nojenta dele vazar pela linha. O que eu faço, querido? Lutei tanto para conseguir esse emprego! Queria tanto trabalhar nessa revista! Fiz tudo direitinho e honestamente para chegar lá. E agora virei a 'princesinha' do ogro da floresta e o sonho de todo mundo lá dentro é me ver queimando no alto da fogueira como uma bruxa. Não posso largar o emprego. Finalmente estou ganhando um salário decente. Nada exagerado, mas decente. E sabe o que ele disse? Disse que quer me promover. Mal pus os pés lá dentro e já ganho uma promoção! O descaramento não tem limite. Meu Deus, não sei simplesmente o que fazer. Minha vontade é mandá-lo se foder e nunca mais aparecer.

Mas posso fazer isso? O crápula é poderoso e no dia seguinte não conseguiria emprego nem como entregadora de revista. Não me deixariam trabalhar nem no telemarketing. Ah, ele podia morrer, não é? Obeso, e ainda por cima fumante, podia ter um troço e cair duro no aquário dele. Aquele peixe-boi. Olha, querido, é melhor você não vir pra cá. Não, claro que te quero, quero muito. Não esqueça que semana que vem vou te preparar uma receita incrível e vamos trepar igual aqueles personagens de *Ligações Perigosas*. Mas hoje não. Você só iria ficar puto comigo. Serei a pior companhia que você podia desejar. Deixe me estragar sozinha. Vá, entre no estúdio, grave seu tão sonhado disco. Estou tão orgulhosa de você. Já me sinto a primeira-dama do jazz. O quê? Não se subestime só porque você toca triângulo. São os detalhes que fazem a diferença. Aliás, agora sei a razão da agilidade de seus dedos, seu danado. Ai, ai... Mas não. Por favor, hoje não! Te ligo amanhã. Estou ouvindo alguém gritando seu nome aí, não se atrase, orgulho da minha vida."

De fato, Daniel berrava meu nome. Novamente eu estava atrasado, ainda assim, ao atravessar a sala, o peso sentido sobre minhas costas não era o dos olhares repreensivos dos integrantes do grupo, mas a ênfase de Mariana me proibindo de ir até sua casa naquela noite.

8

De volta ao banquinho, outra faixa começou, com os músicos tão envolvidos e concentrados na sua arte quanto eu, ao contrário, flutuando ainda mais distante dela do que na primeira sessão.

Apenas meus olhos pousavam como um par de moscas mortas nas folhas de partitura fixas no suporte de ferro à minha frente. Naqueles pentagramas, com colcheias, mínimas, claves e fusas, tentava decifrar tudo o que há pouco ela me dissera. Pelo modo como encadeava as orações, Mariana assemelhava-se por analogia a uma composição dodecafônica. Nenhuma simplicidade nos arranjos, andamentos rapidamente trocados, fugas e contrafugas. Uma complexa fantasia que deixaria até Schoenberg desorientado.

Por tudo isso, enquanto a música era executada com extrema meticulosidade, com cada um dos seis instrumentistas mergulhados nos menores e mais ínfimos detalhes técnicos, a insegurança incessante que eu sofrera anteriormente para acompanhá-los com o máximo de exatidão fora substituída pela insegurança muito maior relacionada a Mariana.

Como há pouco ela dissera, são os detalhes que fazem a diferença, e era neles onde mergulhava minhas dúvidas. Se ela "não conseguia tirar o caviloso da cabeça", por que ditara a ele os nomes dos seus poetas preferidos? Era até certo ponto consolador lembrá-la prometendo trepar comigo como faziam a marquesa de Merteuil e o visconde de Valmont, mas por que se não hoje ou amanhã, ou depois de amanhã, apenas na semana que vem?

Poucas coisas me parecem tão vagas e distantes quanto a semana que vem, sobretudo, porque acabáramos de recomeçar um caso cujas partes interessadas pareciam envolvidas o bastante para prosseguir com mais celeridade e obstinação, conquanto houvesse uma espécie de comédia de erros sob a perspectiva sexual. Mas essas coisas acontecem, e, como ela mesma frisara, era uma questão de tempo serem corrigidas. E mesmo ao se referir às habilidades de meus dedos percussionistas, aqueles "ai, ai..." me soavam como forçadas onomatopeias.

E mais, se o assédio do asqueroso chefe tabagista causava-lhe ânsias de vômito, por que ela simplesmente não correra até o departamento de recursos humanos e o denunciara? Tudo bem, certamente ela perderia o emprego, mas não eram sua dignidade e o inexorável desejo de NUNCA MAIS (esses NUNCA MAIS, pronunciados em maiúsculas para serem ouvidos a quilômetros de distância) ser sojigada o mais importante, após duas temporadas no inferno conjugal?

Por outro lado, se não estou apaixonado por ela, se muito menos acho que desponta algo próximo ao amor, se sexualmente não é tão extraordinário assim, então por que esse embaralhado de anseios? Por que o desejo de me levantar dali no meio do álbum que me consagraria como o músico que nunca fui, nem nunca serei, mas que ao menos terá seu nome creditado como convidado especial, e voar até o sobrado e me deitar com ela, mesmo com a mastodôntica Bia resfolegando no pé da cama, não me abandonava? Por que toda essa confusão? Talvez, pensei, por causa do ciúme.

Foi roído de ciúme que a faixa que requeria minha segunda e última participação para entrar na história da música, ainda que como uma quase invisível nota de rodapé no primeiro álbum de uma obscura banda de jazz contemporâneo, começou.

Lembro-me bem disso porque, a despeito do meu alheamento ou por isso mesmo, Daniel, erguido e um pouco curvado ao meu lado, tocou meu ombro com a baqueta.

9

Não há sentimento algum que nos consuma tanto quanto o ciúme. Um romancista da vanguarda francesa da metade do século chegou a escrever um livro inteiro que gira em torno do ciúme como um parafuso sem rosca num orifício. Mais de 100 páginas onde a única coisa a atormentá-lo é o ciúme, e num único cenário, pois o ciúme prescinde de grandes paisagens, basta um estojo – um estojo idêntico àquele em que guardo meu pequeno triângulo – para absorver uma pessoa por inteiro.

"Atendi porque continuo obliterada pela ingenuidade." Essa frase se repetia em minha cabeça e eu mal ouvia o sax soprano, o piano, o contrabaixo, a guitarra, a bateria e o violão. A importância do detalhe. Não se esqueça da importância do detalhe, eu me dizia, não pensando que aos 4' 38" eu deveria bater meu bastão na trave de aço, mas na promoção que o diretor prepotente, obsessivo e grosseiro prometera a ela, triplicando seu salário e na matéria fajuta promovida à capa da próxima edição e ainda na foto aberta em página dupla, onde ela aparece sorrindo de braços cruzados, bem no centro e um passo à frente dos outros colegas. E assim, no exato início do compasso em que eu deveria entrar, bati a primeira nota certa e as seguintes num ad lib nunca visto na história da música, atravessando o tempo e derrubando meu amigo Daniel e, em milésimos de segundo, em cascata, todos os outros músicos. A freada musical chocou o produtor do outro lado da técnica, pelo vidro. Todos me encararam. E, ao dar-me conta do desastre por mim causado, perguntei se eles preferiam um legato entre as notas. Todos se entreolharam e percebi o absurdo da minha desculpa: o triângulo não faz legato.

Não, o triângulo não faz legato. O legato consiste em ligar notas sucessivas para não haver silêncio algum entre elas. Uma frase interrompida pelo silêncio. E esse silêncio representava o fim da minha carreira, carreira, a bem da verdade, que nunca iniciei. Mas isso pouco importava. Dentro de mim, o motor do ciúme estava ligado com estridência e eu não ouvia ou me preocupava com mais nada senão em reencontrar Mariana e possuí-la. Sim, possuí-la com vigorosa selvageria. Envená-la com os eflúvios de um gozo como ela nunca tivera antes. No entanto, pensei quando entrei no carro, agindo assim revelaria a ela toda minha insegurança. Despido, tornaria explícita a mesma vulnerabilidade que ela tanto condenava em si mesma. Não. Vá para casa e conceda-se o benefício da dúvida. Amanhã, ela vai ligar, convidando para visitá-la, e então você destilará todo esse ardor. Não o deixe consumi-lo. Guarde-o para ela.

Nem bem dei a partida no carro e o celular vibrou no meu bolso. Ela! Claro, quem mais me ligaria àquela hora? Todavia, ao olhar o visor o nome que piscava era o de Daniel.

Deixei tocar e não quis ouvir a mensagem; certamente de ódio e traição. Como eu poderia ter feito isso com um amigo que me confiara algo que sempre desejei? Por que não ficara e regravara a faixa? Por que nem ao menos me desculpara por ter atravessado a música? Mas, quando tudo se tornar imperdoável, então tudo é perdoável. Eu me sentia curiosamente leve, como alguém livre de amarras depois de um longo cativeiro. Até estacionar na garagem do meu prédio, o telefone tocara várias vezes. Entrei no escritório e retirei da mochila o estojo com o triângulo e após atirá-lo no museu dos instrumentos inúteis falei para ele: "Você não faz legato. Nem pra isso você presta".

10

Dormi muito mal. Não conseguia parar de pensar em Mariana, supondo que a qualquer momento da madrugada ela poderia me ligar. Ao mesmo tempo, deixar o celular ligado na mesinha de cabeceira seria um tormento, pois a ira de Daniel não se apagaria tão rápido. Ele me ligara de novo outras vezes. Aconteceu então de, no intervalo de breves e intranquilos cochilos, ligar o aparelho e verificar se não havia chamadas de Mariana. Não havia, mas havia ainda duas ou três de Daniel.

Durante toda a minha vida, nas horas mais perturbadoras, me dirigia ao escritório – cujas paredes revestira de isolantes acústicos – e ouvia música. Ela sempre me consolava. Mas naquela noite não tive vontade de ouvir nada. Ansiava apenas pelo amanhecer. Tentei ler um livro, não conseguia. Pegava

COM A CORDA NO PESCOÇO *123*

outro e outro e igualmente não apenas não me envolvia como não me concentrava. As frases eram interrompidas pelo silêncio. E o silêncio tinha um peso insuportável. Mas tudo tem um fim.

Sabendo que Mariana acordava às 7 para, antes de sair para o trabalho, passear com a cadela-elefante, contrariando todo e qualquer bom senso e a dose duramente infundida na véspera de racionalidade, telefonei para ela. Para justificar-me, pensei, "estou demonstrando minha preocupação, o quanto gosto dela, o quanto ela me é cara e o quanto estou disponível para ajudá-la num momento de tamanha aflição". Vendo que não atendia, deixei um recado para que me ligasse quando quisesse. O que não aconteceu naquele dia, nem no dia seguinte e nos outros.

Não aconteceu nunca mais.

11

Demorei uns dois meses para me livrar da toxicomania de Mariana.

Isso revelava duas coisas; primeiro, não a amava, apenas a desejava; segundo, era antes minha vaidade que fora ferida, gerando despeito pelo seu desaparecimento. Mas sobretudo porque conheci Renata, com quem estou casado há um ano. E foi ela quem me transformou de um músico frustrado em produtor musical. E agora não consigo imaginar minha vida sem ela. Orientou-me com a paciência de uma professora, fazendo-me aproveitar de meus conhecimentos musicais para me tornar um profissional bem-sucedido e me imbuindo de uma conduta enérgica e decidida, virtude, segundo ela não cansava de repetir, a qual eu sempre sabotara.

Com isso, retomei não só minha amizade com Daniel, a estima dos outros membros da banda na qual do jeito mais pífio enterrei minha natimorta carreira de instrumentista naquela noite, como produzi o segundo e o terceiro discos do sexteto.

12

Uma noite estávamos eu, Renata e um grupo de amigos no mesmo bar onde reencontrara Mariana havia mais de um ano.

Ao sair do banheiro, uma mulher mexeu comigo. Era a amiga que se achava com ela naquela noite e a qual nos deixara a sós. Apenas a cumprimentei, mas, ao dar dois passos de volta à minha mesa, retrocedi. A curiosidade me beliscara a memória e, voltando-me para a amiga, perguntei por onde andava Mariana. Fui informado de que ela se casara. Talvez por estar um pouco embriagado ou por algum outro motivo, pois ainda que a comichão da curiosidade tenha se eriçado para saber com quem minha ex-amante desposara pela terceira vez, apenas sorri, e ela me contou o que acontecera:

"Ela se casou com o chefe dela. O diretor da revista. Ele logo foi demitido, ou melhor, afastado, para não dar muito na cara, porque o volume de queixas de assédios no RH da revista era do tamanho do de um mafioso. Então o mandaram para ser correspondente em Londres. E Mariana foi com ele."

"Mas olha", ela disse me pegando no braço e puxando-me como se faz com quem se deseja confiar um segredo, "ela está enlouquecida. Não aguenta mais um minuto viver com ele. E o pior é que os dois filhos adolescentes dele passam parte do tempo lá e os três brigam como cão e gato. E por falar em cão, aquela cachorrona dela fugiu da casa onde eles moram em Londres. Ah, Felipe, a Mari não tem jeito mesmo."

Agradecimentos: a Ricardo Ivanov pelas dicas técnicas em "O tocador de triângulo" e Carlos Machado pela leitura atenta e preciosas correções.

Esta obra foi composta em Minio Pro e
impressa em papel pólen bold 90 g/m² para
Editora Reformatório em setembro de 2020.